IG韓語貼文日記

45則韓語貼文×5個人物角色，
帶你進入韓文SNS的世界！

地方韓文水水 著 # 丸子 繪

本書使用說明

韓文 IG 貼文出現在 Part 2,3,4 三個章節，Part1 會先介紹 IG 介面單字以及韓語的基本觀念等等。從 Part 2 的 1~2 句簡單句型貼文開始，到 Part 3 的進階句型 5~10 句以上貼文，再進入 Part 4 每個人物的 IG 主頁，分門別類、由淺入深地探討每個主題類型會用到的單字、句型。

貼文內容
融合實際生活上可能會遇到的各種情境之韓文 IG 貼文。

翻譯年糕
是每篇貼文的中文翻譯，譯文會著重在順暢地呈現貼文意義，而非侷限於逐字翻譯。

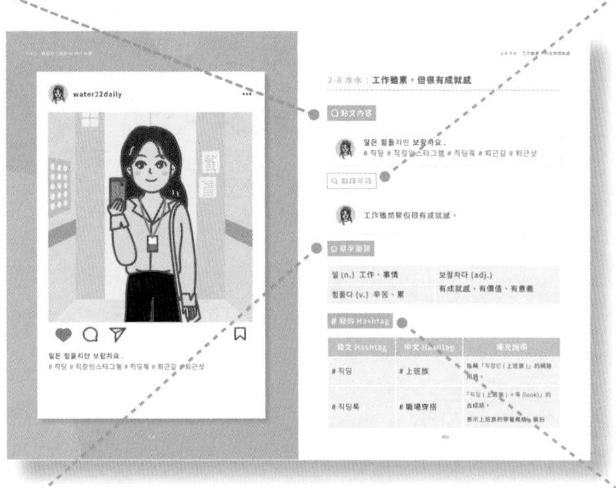

單字瀏覽
貼文中的生難單字之中文意義、詞性註釋。

 # 我的 Hashtag
與每篇貼文相關之韓國人常用的 Hashtag (#) 標籤，並附上 Hashtag 的字面解釋。Part4 為進階單元，僅提供多個中韓文對照（無詳細的字義解釋）的 hashtag 供讀者選擇使用。

♡ 主題句型
除了介紹正規、標準的韓文文法外，也添加了 2 個以上文法結合應用的句型，以及韓國人常用、但教科書上不會出現的用法，不拘泥於死板的文法學習，可更靈活運用。

▽ 照樣造句
用生活化的句子小試身手，若有生難字會附上韓文單字提示。

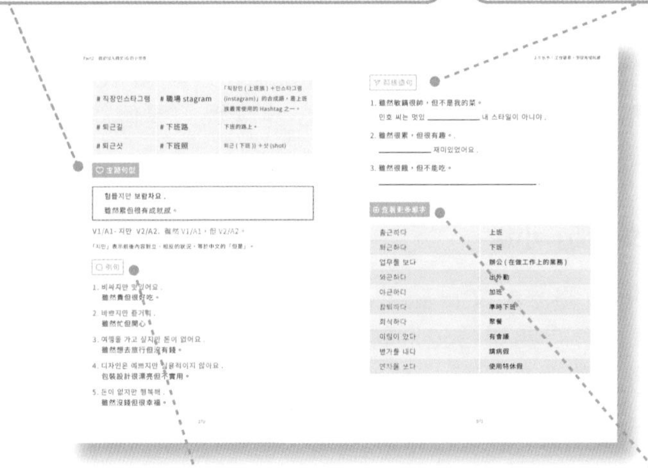

# 직장인스타그램	# 職場 stagram	「직장인（上班族）+ 인스타그램 (instagram)」的合成語，是上班族最常使用的 Hashtag 之一。
# 퇴근길	# 下班路	下班的路上。
# 퇴근샷	# 下班照	퇴근（下班）+ 샷 (shot)

♡ 主題句型

힘들지만 보람차요.
雖然累但很有成就感。

V1/A1- 지만 V2/A2. 雖然 V1/A1，但 V2/A2。

「지만」表示前後內容對立、相反的狀況，等於中文的「但是」。

◯ 例句

1. 비싸지만 맛있어요.
   雖然貴但很好吃。
2. 바쁘지만 즐거워.
   雖然忙但開心。
3. 여행을 가고 싶지만 돈이 없어요.
   雖然想去旅行但沒有錢。
4. 디자인은 예쁘지만 실용적이지 않아요.
   包裝設計很漂亮但不實用。
5. 돈이 없지만 행복해.
   雖然沒錢但很幸福。

▽ 照樣造句

1. 雖然敏鎬很帥，但不是我的菜。
   민호 씨는 멋있 ________ 내 스타일이 아니야.
2. 雖然很累，但很有趣。
   ________ 재미있었어요.
3. 雖然很餓，但不能吃。
   ________________.

⊞ 查看更多單字

출근하다	上班
퇴근하다	下班
업무를 보다	辦公（在做工作上的業務）
외근하다	出外勤
야근하다	加班
칼퇴하다	準時下班
회식하다	聚餐
미팅이 있다	有會議
병가를 내다	請病假
연차를 쓰다	使用特休假

◯ 例句
簡單、生活化、幽默的例句，有助於記憶，也能在實際生活、口語中使用。

⊞ 查看更多單字
每篇均配合貼文主題整理出了與主題相關的 10~20 個相關單字，擴充單字量，增進口語或是 SNS 發文的字彙能力。

熱情推薦

LJ ｜韓文教學 YouTuber「Anneyong LJ 안녕 엘제이」

本書提供了時下韓國人最常用的 hashtag，除了有正規的韓文文法，同時也加上許多韓國人潮流的韓文，例句簡單實用且生活化，更有多種情境可以學習。
你是否學用習了韓文之卻苦於沒有練習的機會？ 那麼這本書將會是你一個很值得參考的工具書！

77 ｜人氣韓文 IG 專頁「77 的韓文筆記」版主

水水運用新時代的視角，將韓國人的 IG 日常用新鮮有趣的方式呈現到讀者眼前。不同於以往的韓文學習書，讀者在看本書時能學習到課本以外日常生活中常用的韓文文法、單字，可愛 IG 圖文的呈現方式，也會讓人有種像是在滑主角們 IG 的感覺，是個能輕鬆擴充日常韓文小知識的一本書！

서유｜「韓文知間」小編

韓文水水的 IG 韓語貼文日記，富含生活化的韓語單字及常見的日常用語，非常適合想要學習生活韓語的同學。書中涵蓋了多樣的主題，亦貼心提供了許多的照樣造句讓同學們練習，相信本書在同學們多采多姿的生活中一定可以派上用場！

馮筱芹｜中韓同步口譯、韓語教師

水水是我的學妹，她十分關注台灣與韓國社會百態，了解最新潮的文化，並將自己觀察到的一切與大眾分享，水水的新書就像是我們都在追蹤的水水 IG 般，讓大家能夠像閱讀 IG 圖文一樣，輕鬆又愉快地學會課本上沒有的實用韓文，也別忘了動手寫寫看自己的韓文 IG 唷。

雞蛋｜韓文單字教學 IG「每日一韓文」版主

隨著社交軟體的發展，現今越來越多人是透過社交軟體接觸韓文。這本書裡面結合了社交軟體 Instagram 的形式和韓文教學，讓讀者可以像是在使用社交軟體般學習韓文，也能從中學習日常的用法，了解韓國人的流行文化，甚至能夠試著自己在社交軟體發一篇韓文貼文。

作者序

大家安寧，我是地方韓文水水。

從沒想過我在社群平台上的打招呼的 Opening 現在會被印在紙上成為一本書發行。能從只是一個學韓文的平凡女子，到踏上寫出韓文教育類書籍的奇妙旅程，一切也都始於與本書習習相關的社群平台。因為陰錯陽差之下開始經營的粉絲專頁，讓原本只是一個熱愛分享自己吸收、整理的知識的韓文學習者，能有被注意到的機會。

然後也才有機會坐在這裡，寫一篇屬於我的書序。

如前述，我和各位讀者一樣都只是一個學習韓文的人，雖然從大學畢業前就踏入韓文教學現場，也累積了不少年教學、韓文口、筆譯經驗，但比起「韓文老師」，我更喜歡「韓文學習者」這個頭銜，因為每一門學問，只要你願意繼續探索，就永遠沒有盡頭，韓文也是如此。所以，從開始接觸韓文到現在，即使已經歷了 12 個年頭，我還是每天都覺得有我學不完的韓文知識，每天都還是覺得韓文很有趣新鮮，也樂於透過各種學習方式，增進自己的韓文實力，特別是透過網路社群。

近 10 年來，智慧型手機的崛起，使用網路更加便利，更出現了許多有別於傳統的學習管道，社群平台就是其中之一。在社群平台上有各式各樣的最即時最道地的韓國、韓文資訊，而且如果你願意，只要手指輕輕一點，加個好友、按個追蹤，跟韓國人變成線上朋友，也不是什麼困難的事。若好好利用這些只要拿起手機就能使用的社群平台，吸收適合自己的韓文資訊，你將發現，有一天你的韓文實力已經提升到另一個新的境界。

本書便是這些年我透過社群平台學習韓文的集合，以時下年輕人最常使用的 IG 為模板，用 5 個可能會出現在你我日常生活週遭的角色，寫下 45 篇我們在真實世界一定絕對可以用到的超級日常、實用的 IG 貼文，更搜集了 200 個以上的常用 Hashtag，讓讀者們能用這些 Hashtag 分門別類找尋自己需要的資訊。除此之外，我也盡量將時下韓國人常用的新造語、流行語寫進本書，希望讀者們能和我一起透過韓國新造語、流行語，更加了解韓國社會文化的脈絡和變化，實際上與韓國人交流時，也能更加有共同話題。

唯一需要注意的是，本書撰寫方向是以韓國人「平常會使用的」、「SNS上常用的」、「與實際狀況相符的」三個前提下模擬韓國人發文，而非遵照傳統文法課本的課文，因此文中會有些地方沒有遵循韓文的標準綴字法書寫，也會出現許多不包含在語法課本中的用法，敬請讀者們帶著這樣的認知閱讀，並且，在開始有趣的 IG 日記貼文前，能先讀完 Part1 的說明，如此一來，就能對韓文的基礎會更加有概念。

以上，身為作者的囉嗦小提醒告一個段落。

最後，想藉由這篇書序，對曾在韓文道路上幫助過我的每一個人、每一位老師致上我的謝意，還有感謝在這次寫作過程中最重要的幾個角色。謝謝在我遇到瓶頸交不出書稿，仍不離不棄陪在我身邊的我的學妹邱曼瑄責編，以及我校稿確認內文是否為道地韓國人用法的韓國人김기남(金起男)老師，還有使命必達完成每一篇日記超可愛生動主圖插畫的插畫家丸子，沒有你們就沒有這本書，真心的感謝你們。

當然，最想謝謝的還是每一個現在手上拿著這本書閱讀，或是因為好奇心驅使而打算閱讀的讀者們，因為有你們，這本書才得以完整。希望你們能用像滑 IG 般的心情，輕鬆地看完整本書，然後學習到一些在其他課本裡比較難學到的真實韓文。

이 책을 읽어주시는 독자 여러분들께 다시 한번 감사의 말씀을 드립니다. 늘 건강하고 행복하세요.

地方韓文水水 林芊蓉
於 2021 夏天

目錄

PART 1 開始用韓文發 IG 前 **一定要知道的幾件事！**

PART 2 歡迎加入韓文 IG 的小世界 **拿起手機 PO 出你的第一篇韓文 IG 吧！**

發韓文 IG 越發越上手？
挑戰寫一篇完整的 IG 生活紀錄吧！

PART 4

創造自己風格的韓文 IG 生活紀錄

PART 1

開始用韓文發 IG 前
一定要知道的幾件事！

IG 介面單字

翻開每一篇《IG 韓語貼文日記》學習如何在各種社群平台 (以下稱 SNS) 放上你獨一無二的生活紀錄之前，不妨試試動手將帳號切換成韓文版介面！使用習慣後，就能不知不覺將這些經常出現在 SNS 介面上的韓文單字背起來喔！但如果你是韓文初學者也沒關係，以下幫各位整理了常用功能的對照表格，擔心更改語言後就回不去的讀者們，可以先熟悉以下單字再做切換，或是切換後對照這邊的中文單字，就不怕迷路囉！

個人主頁介面單字

게시물	貼文
팔로워	粉絲
팔로잉	追蹤中
프로필 편집	編輯個人檔案
새로 만들기	新增
더 보기	更多
번역 보기	翻譯年糕
내 스토리	限時動態

右上角清單列表

설정	設定
보관	典藏
내 활동	你的動態
QR 코드	QR code 條碼

저장됨	我的珍藏
친한 친구	摯友
사람 찾아보기	探索人物
코로나 19 정보 센터	新冠病毒資訊中心

點進「設定」按鈕後

친구 팔로우 및 초대	追蹤和邀請朋友
내 활동	你的動態
알림	通知
공개 범위	隱私設定
보안	帳號安全
광고	廣告
계정	帳號
도움말	使用說明
정보	關於
프로페셔널 계정으로 전환	切換為專業帳號
계정 센터	帳號管理中心

點進「通知」按鈕後

푸시 알림	推播通知
모두 일시 중단	全部暫停
게시물 , 스토리 및 댓글	貼文、限時動態和留言
팔로잉 및 팔로워	追蹤名單和粉絲

메시지	訊息
라이브 및 IGTV	直播和 IGTV
기부 캠페인	募款活動
instagram 에서 보내는 알림	來自 instagram
기타 알림 유형	其他通知類型
이메일 및 SNS	電子郵件和簡訊

點進「隱私設定」後

계정 공개 범위	帳號隱私設定
비공개 계정	不公開帳號
반응	互動
댓글	留言
태그	標籤
언급	提及
스토리	限時動態
가이드	導覽
활동 상태	活動狀態
메시지	訊息
연결된 연락처	聯繫對象
제한된 계정	限制的帳號
차단된 계정	封鎖的帳號
숨긴 계정	噤聲的帳號
팔로우하는 계정	你追蹤的帳號

點進「帳號安全」後

로그인 보안	登入安全
비밀번호	密碼
로그인 활동	登入活動
저장된 로그인 정보	已儲存登入資料
2 단계 인증	雙重認證
instagram 에서 보낸 이메일	來自 instagram 的電子郵件

點進「帳號」按鈕後

개인 정보	個人資料
저장됨	我的珍藏
친한 친구	摯友
언어	語言
캡션	字幕
연락처 동기화	聯絡人同步
다른 앱과 공유	分享到其他應用程式
셀룰러 데이터 사용	行動數據使用
원본 사진	原始相片
인증 요청	申請驗證
회원님이 좋아한 게시물	你說讚的貼文
최근 삭제 항목	近期刪除
브랜디드 콘텐츠 도구	品牌置入工具

SNS 常用單字、新造語

近年來各種社群平台、影音串流媒體興起，因而也誕生了許多相關單字和新造語，本篇幫大家蒐集了網路生活中常見的 50 個單字及新造語。學習語言時，除了背誦正規課本上的單字、文法外，跟隨社會發展趨勢了解該語言中的新造語單字，不僅對學習語言有所幫助，也更能了解該國家、社會文化的特性，增添學習的趣味，與當地人交流時也能更順暢喔！

Instagram 相關

인스타그램 / 인스타 / 인별	인스타그램是 instagram 的韓文拼寫；인스타 是 인스타그램 的簡稱；인별 是因為在韓國電視節目中不可以直接講出品牌名稱，會有置入、宣傳效果，因此藝人上節目若要提到 instagram 則會使用 인별 (in 星星) 代替，因此在各個韓國綜藝節目可以常常聽到此用法。
하트 / 좋아요를 누르다	按愛心／按讚
디엠 (DM) 을 보내다	發私訊
라방을 보다	看直播，라방是라이브 방송 (live 放送) 的縮寫。
태그를 달다	標註 Hashtag
저장하다	典藏、儲存
인스타그래머블	Instagramable，指值得或適合發到 instagram 上的東西，為 Instagram 和英文字尾 -able(可以 ... 的) 的韓文拼寫方式。
네티즌	網民，network(網路) + citizen(市民) 的合成語。

인플루언서	Influencer 網紅，指在社群中具有知名度和影響力的人，廣義包含藝人、社群意見領袖、內容創作者等。
셀럽	名人，為英文 celebrity(샐러브리티) 的縮寫。

Youtube 相關

유튜브	Youtube
유튜브 알고리즘	Youtube 演算法，語源：Youtube algorithm
유튜버	Youtuber
크리에이터	Creator，網路內容創作者。在韓國各個網路創作平台指稱內容創作者的名稱不盡相同，Naver TV 和 Youtube 是使用 크리에이터。Youtuber 也可以稱作是유튜브 크리에이터 (Youtuber Creator)
썸네일	影片的縮圖或封面，語源：thumbnail
시정자	觀眾
구독자	訂閱者
좋아요	讚
구독	訂閱
알림 설정	開啟小鈴鐺
댓글	留言
좋댓구알	按讚留言訂閱開啟小鈴鐺。為좋아요＋댓글＋구독＋알림 설정 四個單字的首字縮寫。
조회수	觀看次數、點閱數
클릭하다	點擊，語源：click--
공유하다	分享，語源：共有 --
구취	取消訂閱，구독 (訂閱) ＋취소 (取消) 縮寫合成的新造語。

설참	參考資訊欄，설명（說明）＋참고（參考）縮寫合成的新造語。原本是韓國 10 幾歲的青少年使用的 youtube 相關新造語，因為韓國兒童 Youtuber 띠예 爆紅後，此用法開始被成人們所認識。
임구	已經訂閱，為이미（已經）＋구독（訂閱）縮寫合成的新造語。

其他網路社群媒體相關

페이스북	Facebook，臉書。
라인	Line，2018 年的調查顯示，台灣人最常用的通訊軟體 Line，在韓國的使用時間佔有率僅佔了 1.1%，使用人數為 225 萬人。
카톡	kakao talk，為韓國人主要使用的通訊軟體。據 2018 年的調查顯示，韓國人使用通訊軟體的使用時間佔有率，kakao talk 高達 94%，使用人數高達 3,528 萬人。
틱톡	TikTok，抖音
이모티콘	Emoticon，表情貼圖
기프트콘	電子禮物卷，gift(禮物) + icon(圖標)的合成語。
채팅방	聊天室、聊天視窗。chatting(聊天)＋방（房間）的合成語。
단톡방	（通訊軟體中的）群組。為단체 카카오톡 방（團體 kakao talk 房）的縮寫
갠톡	kakao talk 私聊、私訊。개인 카톡（個人 kakao talk)的縮寫。
영통	視訊通話，영상 통화（影像通話）的縮寫。
톡디	Kakao talk ID，카카오톡 아이디 的縮寫。
1 인 미디어	自媒體，語源：1 人 media

퍼스널 브랜딩	personal branding，打造個人品牌
스트리머	在韓國通常指遊戲影音串流平台 Twitch 上的直播主為 스트리머 (Streamer)。
인방	網路放送、網路電視，為인터넷 방송 的縮寫。
숙제 방송	指有業配、置入的直播、影片。這個用法於艾菲卡直播平台 (AfreecaTV) 開始被使用
비제이	在韓國通常指艾菲卡直播平台上的直播主為비제이 (BJ)，通常可直接以英文 BJ 表示。
실매	即時小編，為실시간 매니저 通常指網路直播中，為了能和觀眾的溝通順暢而安排回覆基本資訊、置頂公告的小編。
밈	Meme，迷因
움짤	動圖，為 움직이는 짤방송 (會動的照片) 的縮寫，通常指 gif 格式的動圖
모바일 결제	行動支付，語源：mobile 決濟
스몸비	智慧型手機殭屍，스마트폰 (智慧型手機) ＋좀비 (殭屍) 的合成新造語。指走路時只看手機，不留意周邊狀況的人。

韓文語體：敬語／半語／書面語＋基本時態

由於 SNS 上的書寫是用來表達自己，而非正式的作文，因此不受書面語之限制，可以根據個人說話、表達習慣，選擇自己喜歡的形式寫作。本篇整理出韓語中較複雜的敬語形態、書面語的簡單介紹，若你在後續章節對各人物使用的語尾產生疑問，可參考本篇。

※ 請注意：加上任何終結語尾，或做任何文法變化時，請先找到動詞、形容詞的原形 (詞幹＋다，ex: 먹다 , 가다 , 오다 , 있다 , 없다 ...) 後，去掉 다 再做變化。

韓語的相對敬語（口語）

<table>
<tr><th colspan="4">敬語型態</th><th>使用時機</th></tr>
<tr><td rowspan="4">格式體</td><td rowspan="2">敬語</td><td>極尊待</td><td>하십시오체</td><td>對比自己年紀大、上位者使用，因為為格式體，大部分使用在面試、發表報告、演說、軍隊等公開正式的場合使用。因是幾乎沒有親近感，容易給人較為生硬的感覺。</td></tr>
<tr><td>一般尊待</td><td>하오체
（衰退中）</td><td>尊待對方，但不降低自己。現代韓國人幾乎不使用，主要對年紀較小、下位者使用，但也有對年紀相仿、同等位置的人、親近的長輩使用的情況。現代日常生活中可能會在標示牌、導覽文上看到。</td></tr>
<tr><td rowspan="2">半語</td><td>一般下待</td><td>하게체
（衰退中）</td><td>尊待對方，但不降低自己。在歷史劇和小說中較常出現。現代韓國人不常用，但比起「하오체」在韓國人的日常生活中，稍微較常聽到。通常是年紀大、地位高的人對下位者使用，為顯示自身權威，同時遵守禮節的話法。</td></tr>
<tr><td>極下待</td><td>해라체</td><td>對比自己年紀小、下位者或非常親近的關係中使用。</td></tr>
<tr><td rowspan="2">非格式體</td><td>敬語</td><td>泛尊待</td><td>해요체</td><td>尊待對方，同時給人親近感，由現代格式的概念趨漸模糊，在口語中使用頻度逐漸增加，可用於非正式場合中第一次見面的人、長輩、下位者對上位者。根據情況若想提高鄭重程度時，也經常與「하십시오체」一同使用。</td></tr>
<tr><td>半語</td><td>泛下待</td><td>해체</td><td>對年紀較小、下位者或與自己非常親近的人使用，若對方比自己年紀大，但非常熟識、親近時也能使用。</td></tr>
</table>

陳述句	疑問句	命令句	勸誘句	感嘆
- ㅂ니다 /- 습니다	- ㅂ니까 - 습니까 ?	-(으) 십시오	- 시지요	-
- 오	- 오 , - 소 ?	- 오 ,- 소	- ㅂ시다 - 읍시다	-(는) 구려
- 네	- ㄴ / 은 / 는 가 ?, - 나 ?	- 게	- 세	-(는) 구먼
- ㄴ / 는다 , - 다	- 냐 / 느냐 ?, - 니 ?	- 아 / 어라 , -(으) 라	- 자	-(는) 구나
- 아 / 어요	- 아 / 어요 ?	- 아 / 어요 , -(으) 세요	- 아 / 어요 , -(으) 세요	-(는) 군요
- 아 / 어	- 아 / 어	- 아 / 어	- 아 / 어	- 아 / 어 , -(는) 군

書面語（又稱敘述體、陳述體）

	使用時機
書面語（又稱敘述體、陳述體）	書面體的陳述句和「해라체」相同，但並無包含下待的意味，原因是書寫時的對象是不特定多數。書面體通常不使用疑問句，但若真的需要使用疑問句型，則用「-는가？, -ㄴ/은가？」。一般來說，客觀文章（說明文、論說文、新聞等）使用해라체，像是自我介紹的主觀性文章則使用「하십시오체」。

陳述句	疑問句	命令句	勸誘句	感嘆句
- ㄴ / 는다 , - 다	- 는가 ? , - ㄴ / 은가 ?	-	-	-

以下為現代韓語中最常使用的敬語、半語、書面語語尾與 4 個基本時態的結合，以動詞 가다 (去) 읽다 (讀) 為例。

韓文中常用的格式體敬語 / 非格體敬語 / 半語 / 書面語＋時態 (가다, 읽다)		現在式	過去式 (았 / 었 / 했)
陳述句	格式體敬語	갑니다 읽습니다	갔습니다 읽었습니다
	非格式體敬語	가요 읽어요	갔어요 읽었어요
	非格式體半語	가 읽어	갔어 읽었어
	書面語	간다 읽는다	갔다 읽었다
疑問句	格式體敬語	갑니까 ? 읽습니까 ?	갔습니까 ? 읽었습니까 ?
	非格式體敬語	가요 ? 읽어요 ?	갔어요 ? 읽었어요 ?
	非格式體半語	가 ? 읽어 ?	갔어 ? 읽었어 ?
	書面語	가는가 ? 읽는다 ?	갔는가 ? 읽었는가 ?

未來式 (ㄹ / 을 것이다)	進行式 (고 있다)
갈 겁니다 / 갈 것입니다 읽을 겁니다 / 읽을 것입니다	가고 있습니다 읽고 있습니다
갈 거예요 읽을 거예요	가고 있어요 읽고 있어요
갈 거야 읽을 거야	가고 있어 읽고 있어
갈 것이다 읽을 것이다	가고 있다 읽고 있다
갈 겁니까 ?/ 갈 것입니까 ? 읽을 겁니까 ?/ 읽을 것입니까 ?	가고 있습니까 ? 읽고 있습니까 ?
갈 거예요 ? 읽을 거예요 ?	가고 있어요 ? 읽고 있어요 ?
갈 거야 ? 읽을 거야 ?	가고 있어 읽고 있어
갈 것인가 ? 읽을 것인가 ?	가고 있는가 ? 읽고 있는가 ?

命令句（請求句）	格式體敬語	가십시오 읽으십시오	-
	非格式體敬語	가요 / 가세요 읽어요 / 읽으세요	-
	非格式體半語	가 읽어	-
	書面語	-	-
勸誘句	格式體敬語	가시지요 읽으시지요	-
	非格式體敬語	가요 읽어요	-
	非格式體半語	가 / 가자 읽어 / 읽자	-
	書面語	-	-
感嘆句	格式體敬語	-	-
	非格式體敬語	가는군요 읽는군요	갔군요 읽었군요
	非格式體半語	가는군 읽는군	갔군 읽었군
	書面語	-	-

-	-
-	-
-	-
-	-
-	-
-	-
-	-
-	-
-	-
갈 거군요 읽을 거군요	가고 있군요 읽고 있군요
갈 거군 읽을 거군	가고 있군 읽고 있군
-	-

常用語氣添加

除前一章節中出現的終結語尾外，也有一些其他語氣的添加，以下介紹社交平台上非正式書寫中常見的 3 個語氣添加。

形式	說明	範例
ㅁ / 음結尾	以「ㅁ / 음」作為終結語尾的韓文語體，原本作為將動詞或形容詞名詞化的功用，但也能當作句子的終結型態使用，有提供某資訊或事實之功能，主要用於公告、啟示等處。也經常被使用在匿名程度高，但使用敬語也尷尬，使用半語也尷尬的網路空間中。在並不是完全都能講半語，但也不是一定要講敬語，介於中間的社群中，時常可見語尾是「ㅁ / 음」。	1. 중간고사 때문에 스트레스가 장난 아님 . 因為期中考，我的壓力真不是蓋的。 2. 영화가 너무 재밌었음 . 電影好有趣。 3. 연휴에 애인이랑 호캉스 다녀왔음 . 連假時和情人一起去了宅度假。
在各種終結語體後，再添加一個收尾音「ㅇ」	在已經有終結語尾的狀態下，再添加收尾音 「ㅇ」後，給人可愛、撒嬌的感覺。口語中經常使用，也可常看到被使用在社群平台上的非正式書寫中。	1. 오빠 보고 싶엉 . 빨리 만나장 ~~ 很想歐霸，我們趕快見面吧 ~~ 2. 인터넷에서 여름옷을 쇼핑했어용 . 在網路上買了夏天的衣服。 3. 신메뉴가 너무 맛있어 보여서 시켰습니당 ~ 新品看起來超好喝的就點了 ~

在各種終結語體後，再添加一個收尾音「ㅂ」或「ㅁ」	在已經有終結語尾的狀態下，添加收尾音「ㅂ」或「ㅁ」，與加上「ㅇ」時一樣，給人可愛、撒嬌的感覺，偶爾會出現在非正式書寫和口語中。 * 另外，韓國人在用通訊軟體中使用「네 (是的、好的)」時，經常加上「ㅂ」，成為「넵」，在這裡比起可愛、撒嬌的感覺，中和「네」單獨出現時，給人較為冷淡、敷衍的感覺。上班族在回覆公司主管時也能使用「넵」。	1. 인터넷에서 여름옷을 쇼핑했어욤 . 在網路上買了夏天的衣服。 2. 신메뉴가 너무 맛있어 보여서 시켰습니답 . 新品看起來超好喝的就點了。

人物介紹

網美芊芊 (천의)

ID: @prettychian2
剛從大學畢業的 23 歲網美芊芊，大學時期就因甜美的外型，成為網路紅人，IG 追蹤人數 5 萬多人。喜歡美麗的事物，所以熱愛到各式各樣的網美景點踩點拍美照，也熱愛穿搭、化妝、時尚等所有可以把自己變得美美的事情。因長期關注韓國時尚、美妝產業，3 年前開始學習韓文，熟悉各種韓國「美的產業」的韓文用語。

媽咪蓉媽 (감자엄마)

ID: @ potatomom __ life
35 歲的蓉媽與在澳洲打工度假時遇到的韓國男生相知相惜，遠距離戀愛 3 年後結婚，目前婚姻生活邁入第 4 年，婚後蓉媽的韓國老公 (俊哥，준이오빠) 追愛到台灣定居，育有一子 (馬鈴薯，3 歲)，夫妻倆開了一間韓式咖啡廳，蓉媽常在自己的 IG 上分享一些關於育兒、料理、夫妻間等生活紀錄，也常串連起韓文班的同學們。

文青水水 (한수수)

ID: @ water22daily

29 歲的水水是個微文青，褪去平日一般小小上班族的身份後，常在社群平台上發幾句意味深遠的人生短句。喜歡看電影和做瑜伽，也會去露營。大學讀的是韓文系，所以韓文已成為了水水人生的一部分。4 年前與蓉媽在台灣韓國語言交流聚會認識，從此成為無話不談的好朋友。因工作認識網美芊芊，私下也會約出來聊天喝咖啡。目前和一隻狗狗小白 (흰둥이) 在台北的租屋處相依為命。

閨蜜阿龍 (용아)

ID: @ adragon0612

阿龍是芊芊的大學同學，大學時期和熱衷於研究韓國時尚產業、男模特兒，和志同道合的芊芊成為了知心好閨蜜。阿龍同時也是顯性的 LGBT 一員，與交往 6 個月的男友時常在 SNS 上放閃、曬合照，最近熱衷於健身，也常常發一些健身文。因為芊芊的關係認識了也水水。

人物介紹

迷妹星星 (별이)

ID: @ star_luv_shinkids

阿龍的妹妹，目前就讀高中二年級，為韓國偶像團體「신의 아이들 (神的孩子們)」著迷，國中就開始自學韓文，是一個韓文比英文好的青少年。常在 SNS 上分享一些關於偶像的動態，想對偶像說的話。看完台北場的演唱會後，最近的願望是可以飛到首爾去看「신아」的演唱會

PART

2

歡迎加入
韓文 IG 的小世界

拿起手機 PO 出你的第一篇韓文 IG 吧！

adragon0612

오늘도 운동 고고 !

눈바디 # 운동하는남자 # 헬스타그램 # 웨이트 # 몸스타그램

2-1 阿龍｜今天也運動 GO GO ！

貼文內容

오늘도 운동 고고！
 # 눈바디 # 운동하는남자 # 헬스타그램 # 웨이트 # 몸스타그램

翻譯年糕

今天也運動 GO GO!

單字瀏覽

오늘 (n.) 今天	**고고 (n.)** 由韓國流行語「고고씽」縮略而來，為英文「GO GO」之意，有「快點走吧」、「快點開始」之意。
운동 (n.) 運動 「운동하다 (v.) 運動」的名詞型	

我的 Hashtag

韓文 Hashtag	中文 Hashtag	補充說明
# 눈바디	# 目測體態	為「눈 (眼睛)」和身體成分分析品牌「InBody」的合成語。意指不利用體重計上的體重，而是利用鏡子裡自己的樣子來確認身體的變化。
# 운동하는남자	# 運動的男人	
# 운동하는여자	# 運動的女人	
# 헬스타그램	# 健身 stagram	「헬스 (語源：health，健身。多指利用健身器具做的運動) ＋인스타그램 (instagram)」的合成語。 # 웨이트：英文 weight 的韓文拼寫，在此指的是重訓。
# 몸스타그램	# 身材 stagram	「몸 (身體) ＋인스타그램 (instagram)」的合成語。許多韓國人經常上傳運動後的自拍身材照時會使用本 Hashtag。

♡ 主題句型

오늘도 운동 고고 !

今天也運動 GO GO ！

N 도 N 也

「도」表示添加或並列，加在為主格或受格的名詞後面，等於中文的「也」。

**「도」在為主格或受格名詞後使用時，原本應添加的主格助詞或受格助詞省略使用，直接加「도」。和其他助詞一起使用時，則可不省略前面助詞。

例句

1. 내일도 화이팅하자 !
   明天也加油吧！
2. 크리스마스에도 혼자 보냈어요 .
   聖誕節也自己過了。
3. 이번 주말에도 출근함 .
   這個週末也上班。
4. 나도 오빠 사랑해 .
   我也愛歐霸喔！
5. 여기 커피도 맛있다 .
   這裡咖啡也很好喝。

照樣造句

1. 今天也加班嗎？

_______________ 야근해요？

2. 歐霸你也是射手座喔？

_______________ 사수자리예요？

3. 現在也很無聊。

______________________________.

⊕ 查看更多單字 - 基礎運動相關

유산소 운동	有氧運動
무산소 운동	無氧運動
근력 운동	肌力運動
맨몸 운동	徒手運動（無器材運動）
중량 운동（웨이트 트레이닝）	重量運動（重量訓練）
덤벨 운동	啞鈴運動
타바타 운동	TABATA(間歇運動）
고강도 인터벌 트레이닝	HIIT(高強度間歇運動）
필라테스	皮拉提斯
요가	瑜伽

prettychian2

•••

인터넷에서 신나게 여름옷 쇼핑했어용 ☀ 😎 👒

오오티디 # 데일리코디 # 패피 # 옷스타그램 # 아웃핏

2-2 芊芊｜在網路上開心血拚夏天的衣服

貼文內容

인터넷에서 **신나게 여름옷** 쇼핑했어용 ☀ 😎 🌳
오오티디 # 데일리코디 # 패피 # 옷스타그램 # 아웃핏

翻譯年糕

在網路上開心地血拼了夏天的衣服☀ 😎 🌳

單字瀏覽

인터넷 (n.) 網路	신나게 (adv.) 開心地、興奮地
여름옷 (n.) 夏裝、夏季服裝	쇼핑하다 (v.) 血拼、購物

我的 Hashtag

韓文 Hashtag	中文 Hashtag	補充說明
# 오오티디	# 今日穿搭	OOTD (Outfit of the day) 的韓文寫法
# 데일리코디	# 日常穿搭	데일리 (daily, 日常) ＋코디 (coordination 的縮寫 , 服裝搭配)
# 패피	# 潮人	「패션 피플 (fashion people) 的縮寫」，用來表示時尚人士或熱愛時尚、潮流的人
# 옷스타그램	# 衣著 stagram	「옷 (衣服) ＋인스타그램 (instagram)」的合成語
# 아웃핏	#Outfit	Outfit 的韓文寫法

♡ 主題句型

인터넷에서 **여름옷을** 쇼핑했어요 .

在網路上買了夏天的衣服。

N(場所) 에서 V(過去式). 在 (地方)N 做了 V(在某地方做了某事)。

「에서」加在場所名詞後面，表示動作或狀態發生的場所，等於中文的「在」。

形容詞、動詞詞幹後加上「- 았 / 었」則成為過去式時態，表示已發生的狀態或行為。

詞幹母音為「ㅏ , ㅗ」加「- 았」；詞幹母音為「ㅏ , ㅗ」以外的加「- 었」。

「하다」結尾的形容詞或動詞加上「- 였」，可縮寫為「- 했」。請參考 part1 基本時態表格。

「쇼핑했어용」為「쇼핑하다」的非格式體敬語過去式「쇼핑했어요」的「요」加上「ㅇ」，表示撒嬌、可愛的語氣，經常在通訊軟體、社群網站上聊天打字時使用。請參考 Part1 的〈常用語氣添加〉篇。

例句

1. **편의점에서 야식을 샀어 .**
   在便利商店買了宵夜。

2. **카페에서 클라이언트를 만났다 .**
   在咖啡廳見了客戶。

3. **호주에서 워킹홀리데이를 했습니다 .**
   (之前) 在澳洲打工度假。

4. **식당에서 알바했어요 .**
   在餐廳打過工。

5. **양명산에서 야경을 봤어 .**
   在陽明山看了夜景。

照樣造句

1. 在家裡看了劇。

   집 ______________ 드라마를 봤어요 .

2. 在公司加了班。

   회사 ____________________________ .

3. 在健身房運了動。

   ____ .

⊕ 查看更多單字 - 常見衣類相關

츄리닝	運動服
원피스	連身洋裝
셔츠	襯衫
티셔츠	T 恤
블라우스	女用襯衫（罩衫）
카디건	開襟毛衣
니트	針織衫
패딩	羽絨衣
점퍼	夾克
세미정장	休閒西裝
데님	丹寧
청바지	牛仔褲
와이드 팬츠	寬褲

star_luv_shinkids

신의 아이들

77,670,530 views · 1 week ago

요즘은 이 노래만 들어요 🥰

노래추천 # 노래스타그램 # 띵곡 # 명곡 # 플레이리스트

2-3 星星｜最近只聽這首歌

貼文內容

요즘은 이 노래만 들어요 🥰
노래추천 # 노래스타그램 # 띵곡 # 명곡 # 플레이리스트

翻譯年糕

最近只聽這首歌 🥰

單字瀏覽

요즘 (n.) 最近	이 (代名詞 n.) 這
노래 (n.) 歌曲	듣다 (v.) 聽

我的 Hashtag

韓文 Hashtag	中文 Hashtag	補充說明
# 노래추천	# 歌曲推薦	
# 노래스타그램	# 歌曲 stagram	「노래 (歌曲) +인스타그램 (instagram)」的合成語。
# 명곡	# 名曲	
# 띵곡	# 名曲	等同於「명곡 (名曲)」。「띵」是把「명곡」的 「명」 拆解後重組產生的新字，最近此用法被年輕族群、網路世代廣泛使用
# 플레이리스트	# 歌單	「playlist」的韓文拼寫。

♡ 主題句型

이 노래만 **들어요 .** 只聽這首歌。

얼굴만 **예뻐요 .** 只有臉蛋漂亮。

N 만 V. 只 V N

N 만 A. 只有 N A

「만」表示排除其他選項，選擇其一，等於中文的「只」。

非格式體敬語現在式語尾，詞幹母音為「ㅏ , ㅗ」 加「아요」；詞幹母音為「ㅏ , ㅗ 以外」的加「어요」。「하다」結尾的形容詞或動詞加上「여요」，可縮寫為「해요」。(請參考 Part1 基本時態表格。)

例句

1. 한국 드라마만 봐요 .
   只看韓劇。

2. 술만 마셔요 .
   只喝酒。

3. 오빠만 사랑해요 .
   只愛歐霸。

4. 빵만 맛있어요 .
   只有麵包好吃。

5. 저만 배고파요 .
   只有我肚子餓。

照樣造句

1. 只喝美式咖啡。

   아메리카노 ________________ 마셔요 .

2. 只學了韓文。

   한국어 ________________ .

3. 只有鞋子很貴。

   ____ .

⊞ 查看更多單字 -Kpop 追星基礎篇

싱글 앨범	單曲專輯
미니 앨범	迷你專輯
신곡	新歌
타이틀곡	主打歌
뮤비 (뮤직비디오)	MV
음원차트	音源排行榜
노래 다운받다 (다운로드를 받다)	下載歌曲
앨범을 구매하다	買專輯
콘서트에 가다	去演唱會
발매하다	發售、銷售
컴백하다	回歸

star_luv_shinkids

•••

너희들 없음 어쩔 뻔ㅋㅋㅋ

우정스타그램 # 친구스타그램 # 친구 # 찐친 # 베프

2-4 星星 ｜ 沒有你們的話該怎麼辦

貼文內容

너희들 없음 **어쩔 뻔ㅋㅋㅋ**
 # 우정스타그램 # 친구스타그램 # 친구 # 찐친 # 베프

翻譯年糕

沒有你們的話該怎麼辦 顆顆顆

單字瀏覽

너희 (代名詞 .)	없다 (adj.)
你們	沒有
어쩌다 (v.)	**뻔 (依存名詞)**
怎麼做、怎麼辦，「어찌하다」的縮寫	差點、險些 (主要以「- ㄹ / 을 뻔하다」形式出现，表示「差點如何」的意思)

我的 Hashtag

韓文 Hashtag	中文 Hashtag	補充說明
# 우정스타그램	# 友情 stagram	「우정 (友情) ＋인스타그램 (instagram)」的合成語。
# 친구스타그램	# 朋友 stagram	「친구 (朋友) ＋인스타그램 (instagram)」的合成語。
# 친구	# 朋友	
# 찐친	# 真朋友	由「진짜 (真的)」的變形而來的網路流行語「찐」 ＋「친구 (朋友)」的合成語，指真正的朋友。
# 베프	# 最好的朋友	베스트 프렌드 (Best Friend) 的縮寫。

♡ 主題句型

너희들 없으면 어쩔 뻔 . = 너희들 없음 어쩔 뻔 .
(如果) 沒有你們的話該怎麼辦

A/V-(으) 면 ... = A/V- ㅁ / 음 ...　(如果)A/V 的話 ...

「-(으) 면」表示前面假設的內容為後述內容的條件，或是針對不確定或尚未發生的事實進行假設時使用。等於中文的「如果 ... 的話 ...」。有尾音的加「- 으면」，沒有尾音的加「- 면」。

口語或非正式的表現也經常將「- 면 / 으면」省略為「- ㅁ / 음」的形式。

例句

1. 끝나면 연락해 ! = 끝남 연락해 !
   結束的話聯絡我喔！

2. 예쁘면 다 돼 . = 예쁨 다 돼 .
   只要漂亮的話都可以。

3. 싫으면 됐어 . = 싫음 됐어 .
   不要的話就算了。

4. 비가 오면 안 가요 .
   下雨的話就不去了。

5. 피곤하면 빨리 자요 .
   累的話快睡吧。

照樣造句

1. 無聊的話就聯絡我吧！

   ______________ 연락 줘요 !

2. 吃太多的話會胖

   많이 ______________ 살이 쪄 .

3. 會痛的話要說喔！

   ______________________________ .

⊞ 查看更多單字 - 關於朋友的常見說法

절친	死黨、好友，漢字：切親
남사친	男性友人，「남자 사람 친구」的縮寫
여사친	女性友人，「여자 사람 친구」的縮寫
랜선 친구	網友
동갑 친구	同歲朋友
불알친구	兒時朋友，從小一起長大的朋友
죽마고우	指從小一起長大的兒時朋友，漢字：「竹馬故友」
친구를 사귀다	交朋友
친구를 먹다	非字面上的「把朋友吃掉」意思，指變成朋友

potatomom __ life

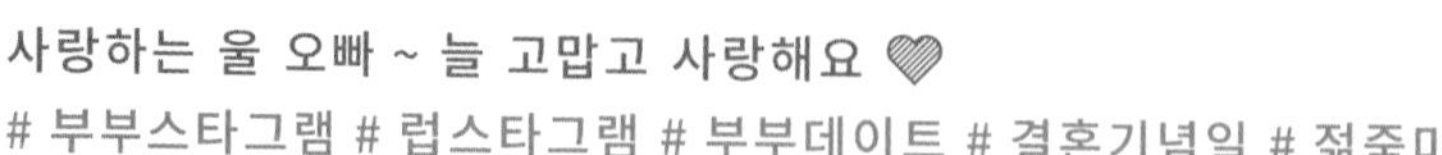
사랑하는 울 오빠 ~ 늘 고맙고 사랑해요
부부스타그램 # 럽스타그램 # 부부데이트 # 결혼기념일 # 젊줌마

2-5 蓉媽｜親愛的歐霸

貼文內容

사랑하는 울 오빠 ~ 늘 고맙고 사랑해요 ♡
부부스타그램 # 럽스타그램 # 부부데이트 # 결혼기념일
젊줌마

翻譯年糕

親愛的我的歐霸～謝謝你我愛你 ♡

單字瀏覽

사랑하다 (v.) 愛	울 (代名詞) 我們，「우리」的縮寫。非正式寫法，常使用在口語或網路上。
늘 (adv.) 經常、常常	
고맙다 (adj.) 感謝、感激	

我的 Hashtag

韓文 Hashtag	中文 Hashtag	補充說明
# 부부스타그램	# 夫妻 stagram	「부부（夫婦）＋인스타그램 (instagram)」的合成語，是已婚族群最常使用的 Hashtag 之一。
# 럽스타그램	#lovestagram	「럽 (love 的韓文拼寫方式）＋인스타그램 (instagram)」的合成語，是戀愛中的族群最常使用的 Hashtag 之一。
# 부부데이트	# 夫妻 date	
# 결혼기념일	# 結婚紀念日	
# 젊줌마	# 年輕的已婚女性	「젊다（年輕）＋아줌마（大嬸、阿姨，韓國對已婚婦女的稱呼）」的合成語

♡ 主題句型

> 사랑하는 울 오빠 .
>
> 親愛的我的歐霸

V/A ㄴ / 은 / 는 N. V/A 的 N

將動詞或形容詞加上「- ㄴ / 은 / 는」轉變為冠詞形來修飾後面出現的名詞。

變化請參考以下表格：

	動詞 V	形容詞 A
現在式 V/A 的	有無尾音 - 는	無尾音 - ㄴ 有尾音 - 은
過去式 (過去時間點) V/A 的	無尾音 - ㄴ 有尾音 - 은	X (無單純過去式型態，會加上表示回想之 - 던 或 - 았 / 었던來表示)
未來式 將會／可能會 V/A 的	無尾音 - ㄹ 有尾音 - 을	無尾音 - ㄹ 有尾音 - 을 (表示猜測)

例句

1. 밥 잘 사주는 누나 .
   經常請吃飯的姊姊。

2. 좋아하는 남자 .
   喜歡的男生。

3. 커피를 마시는 손님 .
喝咖啡的客人。

4. 드라마를 보는 여친 .
看電視劇的女友。

5. 오토바이를 타는 대만사람 .
騎摩托車的台灣人。

照樣造句

1. 很會唱歌的偶像。

노래를 ______________ 아이돌

2. 做菜的男人

______________ 남자

3. 心動的瞬間 (설레다)

____

⊞ 查看更多單字 - 從約會到結婚的動詞

소개팅을 나가다	去聯誼
호감을 느끼다	有好感
썸을 타다	搞曖昧
밀당하다	欲擒故縱
사귀다	交往
싸우다	吵架
헤어지다	分手
프로포즈하다	求婚
상견례를 하다	相見禮
결혼식을 올리다 (결혼식을 치르다)	辦婚禮
혼인신고를 하다	辦婚姻登記

water22daily

산책하기 좋은 날이다 .

나들이 # 갬성 # 일상 # 소확행 # 워라밸

2-6 水水｜適合散步的日子

貼文內容

산책하기 좋은 날이다 .
나들이 # 갬성 # 일상 # 소확행 # 워라밸

翻譯年糕

是適合散步的日子。

單字瀏覽

산책하다 (v.) 散步	좋다 (adj.) 好、良好
날 (n.) 日子	

我的 Hashtag

韓文 Hashtag	中文 Hashtag	補充說明
# 나들이	# 出遊	韓國人出門踏青、郊遊、小旅行時常使用本 Hashtag 喔！
# 갬성	# 個人感性	「개인（個人）＋감성（感性）」組成的合成語，指「個人的感性」。通常發自己喜歡、有感覺的（不見得符合大眾喜好的）事物到社群軟體時，經常使用此 Hashtag。
# 일상	# 日常	就像台灣人喜歡 tag # 日常 一樣，下次 Po 一些日常生活文時，試試看這個 Hashtag 吧！
# 소확행	# 小確幸	首爾大學消費趨勢分析中心將「소확행（小確幸）」一詞選為 2018 年消費趨勢，2018 下半年開始本單字也被韓國行銷界廣泛使用。
# 워라밸	# 工作生活平衡	為 Work and Life Balance 的韓式拼寫「워크 앤 라이프 밸런스」的縮寫

♡ 主題句型

산책하기 좋은 날이다 .

適合散步的日子。

V- 기 좋은 날이다 . 適合做 V 的日子。

「- 기」加在動詞或形容詞後，將其詞性轉變為名詞，使所接對象得以成為句子裡的主詞、受詞、主詞補語。

常用的句型如下：

- 기 (가) 좋다 / 싫다 / 힘들다 / 쉽다 / 어렵다 / 편하다 / 불편하다…

- 기 (를) 좋아하다 / 싫어하다 / 시작하다 ...

本句型中的「좋다」加上形容詞現在式冠形詞「ㄴ / 은」，原本「좋다 (好)」變為「좋은 (好的，引申為適合的)」。

例句

1. 사랑하기 좋은 날이다 .
   適合相愛的日子。

2. 운동하기 좋은 날이다 .
   適合運動的日子。

3. 친구 만나기 좋은 날이다 .
   適合見朋友的日子。

4. 카페 가기 좋은 날이다 .
   適合去咖啡廳的日子。

5. 브런치 먹기 좋은 날이다 .
   適合吃早午餐的日子。

照樣造句

1. 適合約會的日子。

　　________________ 기 좋은 날이다 .

2. 適合來一杯的日子。

　　________________ 기 좋은 날이다 .

3. 適合睡午覺的日子。

　　____ .

⊕ 查看更多單字 - 日常與休閒動詞

브런치를 먹다	吃早午餐
명상하다	冥想
독서하다	閱讀
드라마를 보다	看劇
유튜브를 보다	看 YOUTUBE
인스타 구경하다	滑 IG
게임하다	玩遊戲
퍼즐을 맞추다	拼拼圖
누워 있다	躺著
아무것도 안 하다	什麼都不做

water22daily

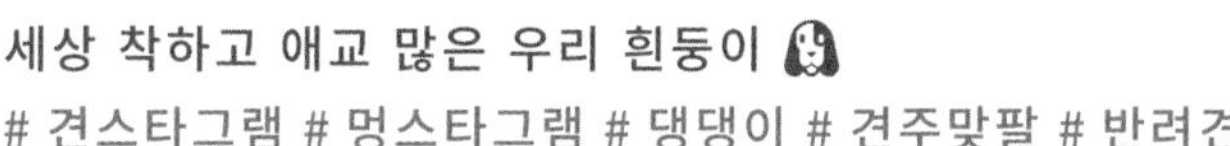
세상 착하고 애교 많은 우리 흰둥이
견스타그램 # 멍스타그램 # 댕댕이 # 견주맞팔 # 반려견

2-7 水水｜最乖又最會撒嬌的狗狗——小白

貼文內容

세상 착하고 애교 많은 우리 흰둥이
견스타그램 # 멍스타그램 # 댕댕이 # 견주맞팔 # 반려견

翻譯年糕

世界上最乖又最會撒嬌的小白

單字瀏覽

세상 (n.) 世界 此處由名詞轉為副詞，修飾後面的形容詞「착하다」。	**착하다 (adj.)** 善良
애교 (n.) 撒嬌	**많다 (adj.)** 多

我的 Hashtag

韓文 Hashtag	中文 Hashtag	補充說明
# 견스타그램	# 犬 stagram	견 (犬) ＋인스타그램 (instagram) 的合成語。
# 멍스타그램	# 狗狗 stagram	멍멍이 (狗狗) ＋인스타그램 (instagram) 的合成語。
# 댕댕이	# 小狗狗	把멍멍이 (狗狗) 的「멍」 字型拆解後重組成「댕」產生的新字，近幾年此用法非常流行，不僅在網路用語上會使用「댕댕이」，最近「댕댕이」在日常生活口語中也經常被韓國人使用。
# 견주맞팔	# 狗主人互相追蹤	「견주 (犬主) ＋맞팔 (互相追蹤)」= 犬主互相追蹤
# 반려견	# 寵物狗	漢字音為「伴侶犬」

♡ 主題句型

착하고 애교 많아요 .

又乖又會撒嬌。

V1/A1- 고 V1/A2　又 V1/A1，又 V1/A2

「- 고」表示兩種以上的動詞、形容詞、子句的並列、羅列，前後內容互換並不會影響句子本身的意義。等於中文的「又…又…」或是「並且」。

例句

1. 여기 도시락이 진짜 맛있고 싸요 .
又好吃又便宜。

2. 예쁘고 성격도 좋아요 .
又漂亮，個性又好。

3. 대만 날씨는 정말 습하고 더워요 .
台灣天氣真的又濕又熱。

4. 힘들고 지쳐 .
又累又煩。

5. 로맨틱하고 감동적인 프로포즈를 받았어요 .
收到了浪漫又感人的求婚

照樣造句

1. 房間又寬敞又乾淨。

방이 ______________________________ .

2. 這杯茶又苦又澀。(쓰다 / 떫다)

이 차는 ______________ .

3. 孤獨又燦爛的鬼怪。(쓸쓸하다 / 찬란하다 / 도깨비)

____ .

⊞ 查看更多單字 - 犬主執事必備單字

애완동물	寵物
개 / 강아지 / 멍멍이 / 댕댕이	小狗／狗狗
고양이 / 야옹이	貓／貓咪
견주	犬主
묘집사 / 냥집사	貓執事 (貓管家)
동물병원	動物醫院
사료 (먹이) 를 주다	給飼料
간식을 주다	給零食
산책을 시키다	散步
목욕을 시키다	洗澡
목줄 / 리드줄	牽繩

water22daily

일은 힘들지만 보람차요 .

직딩 # 직장인스타그램 # 직딩룩 # 퇴근길 # 퇴근샷

2-8 水水｜工作雖累，但很有成就感

貼文內容

일은 힘들지만 보람차요 .
 # 직딩 # 직장인스타그램 # 직딩룩 # 퇴근길 # 퇴근샷

翻譯年糕

工作雖然累但很有成就感。

單字瀏覽

일 (n.) 工作、事情	보람차다 (adj.) 有成就感、有價值、有意義
힘들다 (v.) 辛苦、累	

我的 Hashtag

韓文 Hashtag	中文 Hashtag	補充說明
# 직딩	# 上班族	指稱「직장인 (上班族)」的網路用語。
# 직딩룩	# 職場穿搭	「직딩 (上班族) ＋룩 (look)」的合成語。 表示上班族的穿著風格、裝扮

# 직장인스타그램	# 職場 stagram	「직장인 (上班族) ＋인스타그램 (instagram)」的合成語，是上班族最常使用的 Hashtag 之一。
# 퇴근길	# 下班路	下班的路上。
# 퇴근샷	# 下班照	퇴근 (下班)) ＋샷 (shot)

♡ 主題句型

힘들지만 **보람차요 .**

雖然累但很有成就感。

V1/A1- 지만 V2/A2. 雖然 V1/A1，但 V2/A2。

「지만」表示前後內容對立、相反的狀況，等於中文的「但是」。

例句

1. 비싸지만 맛있어요 .
   雖然貴但很好吃。

2. 바쁘지만 즐거워 .
   雖然忙但開心。

3. 여행을 가고 싶지만 돈이 없어요 .
   雖然想去旅行但沒有錢。

4. 디자인은 예쁘지만 실용적이지 않아요 .
   包裝設計很漂亮但不實用。

5. 돈이 없지만 행복해 .
   雖然沒錢但很幸福。

照樣造句

1. 雖然敏鎬很帥，但不是我的菜。

   민호 씨는 멋있 ________________ 내 스타일이 아니야 .

2. 雖然很累，但很有趣。.

   ________________ 재미있었어요 .

3. 雖然很餓，但不能吃。

   ____ .

查看更多單字 - 給上班族的動詞

출근하다	上班
퇴근하다	下班
업무를 보다	辦公（在做工作上的業務）
외근하다	出外勤
야근하다	加班
칼퇴하다	準時下班
회식하다	聚餐
미팅이 있다	有會議
병가를 내다	請病假
연차를 쓰다	使用特休假

potatomom __ life

내가 만든 거지만 정말 맛있네 😋😋

집밥 # 홈쿡 # 요리레시피 # 맛스타그램 # 쿡스타그램

2-9 蓉媽｜雖然是我做的，但很好吃！

貼文內容

내가 만든 거지만 정말 맛있네 😋😋
집밥 # 홈쿡 # 요리레시피 # 맛스타그램 # 쿡스타그램

翻譯年糕

雖然是我做的，但真的很好吃 😋😋

單字瀏覽

내가 = 나 (我) + 主格助詞 가	거 (依存名詞) 것 (東西) 的口語體。
만들다 (v.) 製作、做 (食物、菜)	정말 (adv.) 真的
맛있다 (adj.) 好吃、美味	

我的 Hashtag

韓文 Hashtag	中文 Hashtag	補充說明
# 집밥	# 家常菜	
# 홈쿡	#homecook	홈 (home, 家) ＋쿡 (cook, 料理) = 在家料理
# 요리레시피	# 料理食譜	
# 맛스타그램	# 美味 stagram	「맛 (味道) ＋인스타그램 (instagram)」的合成語
# 쿡스타그램	# 烹飪 stagram	「쿡 (cook, 料理) ＋인스타그램 (instagram)」的合成語

♡ 主題句型

정말 맛있네요 .

真的很好吃呢！

A/V- 네요．A/V 呢 (喔) ！

「- 네요」表示因親身經歷而得知新事實或新感覺，表露出的驚訝或感嘆。半語形式則為「- 네」。

例句

1. 비가 오네요 .
   在下雨呢！

2. 민호 씨 여친이 진짜 예쁘네요 .
   敏鎬的女友真的很漂亮呢！

3. 여기 사람 정말 많네요 .
   這裡人真的好多呢！

4. 버블티 칼로리가 높네 .
   珍奶熱量好高喔！

5. 아 .. 피곤하네 .
   啊 .. 好累喔！

照樣造句

1. 台北房價很貴呢！

   타이페이 집값이 ______________ .

2. 今天特別想歐爸呢！

   오늘따라 오빠가 ______________ .

3. 這個不太好吃欸！

   ______________________________ .

⊕ 查看更多單字 - 料理相關動詞

헹구다	沖洗 (洗食材時可用)
데치다	川燙
썰다	切、割
손질하다	修整 (在備料時可使用本單字)
볶다	炒
찌다	蒸
부치다	煎
튀기다	油炸
굽다	烤
삶다	煮
절이다	醃漬

star_luv_shinkids

•••

우리 오빠들 너무 멋있자나ㅠㅠㅠㅠㅠ 카리스마 뿜뿜

최애 # 아이돌 # 찐팬 # 덕후 # 팬질 # 덕질

2-10 星星｜我們歐霸魅力噴發

貼文內容

우리 오빠들 너무 멋있자나ㅠㅠㅠㅠㅠ 카리스마 뿜뿜
최애 # 아이돌 # 찐팬 # 덕후 # 팬질 # 덕질

翻譯年糕

我們歐霸也太帥了吧ㅠㅠㅠㅠㅠ魅力噴發

單字瀏覽

우리 (代名詞 n.) 我們	**- 들 (接尾詞)** 們，表示多數的語尾
멋있다 (adj.) 好看、帥氣	**뿜뿜** 由 뿜다 (v.) 噴射 延伸出的詞，加在名詞後形容該名詞噴發、噴射出的樣子
카리스마 (n.) 超凡魅力、領袖氣質	

我的 Hashtag

韓文 Hashtag	中文 Hashtag	補充說明
# 최애	# 最愛	漢字音為「最愛」，原本不常被韓國人使用，後來動漫迷們經常使用「최애캐 (최애 캐릭터)」來表示最愛的角色。「최애」一詞在 2015 年綜藝節目兩天一夜出現後，漸漸地被韓國人廣泛使用。除了 Hashtag 外，韓國人在日常對話中也會使用 “내 최애는 ㅇㅇ이야 .(我的最愛是ㅇㅇ)
# 아이돌	# 偶像	
# 찐팬	# 死忠粉絲 # 真心的粉絲	由「진짜 (真的)」的變形而來的網路流行語「찐 + 팬 (粉絲)」所組成，表示「真心的粉絲」、「死忠粉絲」
# 덕후	# 鐵粉 # 追星族	語源為日文的「オタク (御宅族)」，在韓文中延伸為「對某事物熱衷之人」。原本韓文拼寫應為「오타쿠」，但因韓國網路風氣逐漸寫為「오덕후」。又因為語言經濟效益，「오」逐漸被省略進而成為「덕후」的模樣。
# 팬질		「팬 (fan, 粉絲)」加上「- 질」(利用身體部位進行某些行為或貶低職業、職責的接尾詞) 的合成語，意指身為粉絲能做的、關於藝人的所有行動
# 덕질		「덕후 (鐵粉、追星族)」加上「- 질」的合成語，與「팬질」一樣意指身為粉絲能做的、關於藝人的所有行動。

♡ 主題句型

우리 오빠들 너무 멋있자나 (잖아).

我們歐霸也太帥了吧！

N(이 / 가) 너무 A- 잖아 (요). N 也太 A 了吧！！

本篇中「잖아요」 的用法與該文法原本的使用情境稍有不同，本篇貼文內容和例句均包含了「感嘆」的意味，表示事情出乎預料。此用法在口語及 SNS 書寫上經常使用。

而「잖아요」文法最正統的用法則是表示陳述對方 (聽者) 已知、了解的事實，僅用於口語，對長輩以及於正式場合不適合使用。

** 「- 자나」 為不正確的韓文拼寫方式，正式文章書寫時不可使用，但經常用在網路聊天打字、社群網路書寫上。正確的拼寫方式為「A/V- 잖아요」，去掉「요」的「- 잖아 (- 자나)」則為半語形式。

「잖아요」的原始意義例句：

1. 운동을 싫어하잖아요 ? 왜 갑자기 운동해요 ?

你不是很討厭運動嗎？ 怎麼突然在運動？

2. A : (술 계속 마심)

(一直喝酒)

B: 너 술 못 마시잖아 . 그만 마셔 .

你不是不太會喝酒嘛，不要再喝了。

例句

1. 우리 애기 너무 귀엽잖아 !!
我們寶貝也太可愛了吧！！

2. 이 마카롱이 너무 맛있잖아요 !!
這個馬卡龍也太好吃了吧！！

3. 여기 사람이 너무 많잖아 !!
這裡人也太多了吧！

4. 마음이 너무 아프잖아요 !!
心也太痛了吧！

5. 이 영화 너무 재밌자나 !!
這個電影也太有趣了吧！

照樣造句

1. 這裡氣氛也太好了吧！

여기 분위기가 ________________ !

2. 女友也太正了吧！

여친이 ________________ !

3. 天氣也太熱了吧！

____ !

⊕ 查看更多單字 - 追星進階單字

티켓팅하다	訂票
팬싸에 가다	去簽名會
콘서트에 가다	去演唱會
본방을 보다	看首播
생방을 보다	看直播
라방을 켜다	開 IG 直播
사녹 (= 사전 녹화)	事前錄影
아이돌 지하철 응원 광고를 보러 가다	去地鐵站拍應援廣告
아이돌 굿즈를 사다	買偶像週邊商品 (應援商品)
응원 쌀화환을 보내다	送應援米花環

adragon0612

오늘은 술 한 방울도 안 먹었다 .

...

는 거짓말이었음 .

술스타그램 # 소주 # 애주가 # 주당 # 알콜스타그램

2-11 阿龍｜今天一滴酒都沒喝

貼文內容

오늘은 술 한 방울도 안 먹었다 .
...
는 거짓말이었음 .
술스타그램 # 소주 # 애주가 # 주당 # 알콜스타그램

翻譯年糕

今天一滴酒都沒喝 .
...
是騙人的

單字瀏覽

술 (n.) 酒、酒水	방울 (n.) 滴、點（表示少量）
먹다 (v.) 吃、喝	거짓말 (v.) 謊言、謊

我的 Hashtag

韓文 Hashtag	中文 Hashtag	補充說明
# 술스타그램	# 酒 stagram	「술（酒）＋인스타그램 (instagram)」的合成語。以寫作時間為基準，此 Hashtag 累積數高達 1,147 萬。
# 소주	# 燒酒	對韓國人來說不可或缺的酒類，以寫作時間為基準，此 Hashtag 累積數高達 328 萬。
# 애주가	# 愛酒人	愛酒家、愛酒之人，除了在 Hashtag 會使用外，也是喜歡喝酒的韓國人常用的單字。
# 주당	# 酒黨	酒黨、酒徒，也是愛酒的韓國人常用的單字。
# 알콜스타그램	# 酒精 stagram	「알콜（酒精）＋인스타그램 (instagram)」的合成語。

♡ 主題句型

술 한 방울도 안 먹었다 .

一滴酒都沒喝。

안 V/A　不 V/A、沒做 V

「안」可與動詞或形容詞結合使用，表示否定某行為和狀態，主要用於一般否定，或是主觀意志的否定，等於中文「不」。

例句

1. **고수를 안 먹습니다 .**
   我不吃香菜。

2. **어제 친구를 안 만났어요 .**
   昨天沒有見朋友。

3. **안 자요 ?**
   你不睡嗎？

4. **이 가방은 안 비싸요 .**
   這個包包不貴。

5. **기분이 안 좋아요 .**
   心情不好。

照樣造句

1. 今年沒有去韓國。

   올해 한국에 ________________ 갔어요 .

2. 我沒有買 Youtube premium.

   나 유튜브 프리미엄을 ________________________ .

3. 我不吃碳水化合物。(탄수화물)

   ____ .

⊕ 查看更多單字 - 與酒相關的名詞

안주	下酒菜
폭탄주	炸彈酒、混酒
헌팅술집 (헌팅포차 , 헌팅바)	獵豔酒吧 (Hunting bar)
술게임	酒桌遊戲，喝酒時會玩的遊戲
주사	發酒瘋、酒瘋，漢字音：酒邪
알쓰	指不會喝酒、酒量不好的人。為「알콜쓰레기 (酒精垃圾)」的縮寫。
술찌	同指不會喝酒、酒量不好的人。為「술 찌질이 (酒的廢物)」，為年輕人形容不會喝酒、酒量不好的人的新造語。
혼술	獨酒，獨自喝酒。「혼자 술 마시는 것 (獨自喝酒的這件事)」的縮寫。

prettychian2

이거 절대 광고가 아닙니당 . 내돈내산입니당 ♡ ♡ 

요즘 최애템 !!

인생템 # 최애템 # 잇템 # 내돈내산 # 디엠환영

2-12 芊芊｜這真的不是業配喔！

貼文內容

이거 절대 광고가 아닙니당 . 내돈내산입니당 ♡ ♡ 😘
요즘 최애템 !!
인생템 # 최애템 # 잇템 # 내돈내산 # 디엠환영

翻譯年糕

這個真的不是廣告（業配）喔！是用我的錢買的喔 ♡ ♡ 😘
最近的最愛的 item!!

單字瀏覽

이거（代名詞） 這個，이것（這個）的口語簡化後的寫法	**절대 (n./adv.)** 絕對 **광고 (n.)** 廣告 **아니다 (adj.)** 不是
내돈내산（新造語）(n.) 花自己的錢買的	**요즘 (n.)** 最近、近來 **최애템（新造語）(n.)** 最愛款

我的 Hashtag

韓文 Hashtag	中文 Hashtag	補充說明
# 인생템	# 人生好物	「인생 (人生) ＋아이템 (item，物品、項目)」的合成語，指人生中最棒的商品、單品。韓國人常把「인생 (人生)」加在許多名詞前面，用來形容該名詞為人生中最棒、最好的。例如：「인생샷 (人生 shot= 人生美照)」、「인생영화 (人生電影)」
# 최애템	# 最愛品	「최애 (最愛) ＋아이템 (item，物品、項目)」的合成語，指最喜歡、最愛的商品、單品。
# 잇템	# 必備品	「잇 (it，這個) ＋아이템 (item，物品、項目)」的合成語，表示任何人都想要的 item、必備 item 的意思。
# 내돈내산	# 我花我買	「내 돈 주고 내가 산 물건 (我花我的錢我買的物品)」，縮寫而成的新造語。為表示「在社群網站上發佈的物品 (商品)，並非接受贊助廣告」的 Hashtag。
# 디엠환영	# 歡迎私訊	「디엠 (私訊，語源：Direct message 縮寫為 DM)」，後面加上「환영 (歡迎)」，表示「歡迎私訊」。

♡ 主題句型

광고가 아닙니다 .

不是廣告。

N 이 / 가 아니다 . 不是 N

本句型為否定形式，否定該 N，中文意思為「不是 N」。N 有尾音的＋이，N 沒有尾音的＋가；「아니다」格式體敬語變化後為「아닙니다」，非格式體敬語變化後「아니에요」。「이 / 가」在本句型中，使句中的名詞成為「아니다」的補語，為補格助詞，表示「이 / 가」所接的名詞為補充主語的意義者。

** 此處的「아닙니당」為「아닙니다」加上韓國人常用的語氣結尾「ㅇ」，請參考 Part1〈常用語氣添加〉。

例句

1. 저는 한국 사람이 아닙니다 .
   我不是韓國人。
2. 두준 씨는 내 남친이 아니야 .
   斗俊不是我的男朋友
3. 난 알쓰가 아니다 .
   我不是酒精垃圾。
4. 지금 쉬는 시간이 아니에요 ?
   現在不是休息時間嗎？
5. 너무 아픈 사랑은 사랑이 아니다 .
   太痛苦的愛情不是愛情。

照樣造句

1. 不是我的錯。

   내 잘못 ______________.

2. 我不是學生。

   저는 ______________.

3. 我的筆電不是 Macbook。(맥북 Macbook)

   ______________________________.

查看更多單字 - 關於業配廣告

앞광고	前廣告
뒷광고	後廣告
협찬	贊助
숙제 방송	包含贊助廣告的直播 (或影片)
피피엘	置入廣告，「PPL」的韓文拼寫法

【從單字看韓國文化】

1.「앞광고 vs 뒷광고」，何謂「前廣告」和「後廣告」？

韓文中有 「앞광고 (前廣告) 和 뒷광고 (後廣告)」之用法，「뒷광고 (後廣告)」是經營社群或 youtube 創作者，收到贊助或置入，無清楚標示贊助，甚至欺騙消費者是自己花錢購買的產品。而相反地，收到贊助和置入時，誠實標示含有付費宣傳廣告，則稱為「앞광고 (前廣告)」。

2. 什麼是「숙제방송 (作業直播)」？

在網路上的直播主，收錢幫各種商品打廣告時，特別是宣傳遊戲類的商品的贊助直播 (或影片)，隱語稱之為「作業 (숙제)」。這個用法是在 AfreecaTV 最先被使用。

adragon0612

어릴 때 진짜 귀여웠는데
지금은 …ㅋㅋㅋㅋㅋㅋ
아 .. 아냐 .. 지금도 귀여운 내 여동생
가족 # 가족스타그램 # 남매 # 남매샷 # 여동생

2-13 阿龍｜我妹小時候很可愛的說

貼文內容

어릴 때 진짜 귀여웠는데
지금은 …ㅋㅋㅋㅋㅋㅋ
아 .. 아냐 .. 지금도 귀여운 내 여동생
가족 # 가족스타그램 # 남매 # 남매샷 # 여동생

翻譯年糕

小時候真的很可愛的說
現在 ... 顆顆顆顆顆
沒 .. 沒有啦 .. 現在也很可愛的我的妹妹

單字瀏覽

어리다 (adj.) 小、幼小	진짜 (adv.) 真的
귀엽다 (adj.) 可愛	여동생 (n.) 妹妹
지금 (n.) 現在	

我的 Hashtag

韓文 Hashtag	中文 Hashtag	補充說明
# 가족	# 家人 # 家庭	
# 가족스타그램	# 家人 stagram	「가족（家人）＋인스타그램 (instagram)」的合成語
# 남매	# 兄妹 # 兄弟姊妹	
# 남매샷	# 兄妹照	「남매（兄妹）＋샷 (shot，照片、快照）」的合成語
# 여동생	# 妹妹	漢字：「女同生」

♡ 主題句型

어릴 때 **진짜 귀여웠는데**

小的時候真的很可愛

A/V- ㄹ / 을 때

N 때 A/V/N 的時候

A/V- ㄹ / 을 때 或 N 때 表示動作或狀態正在進行時，或進行的期間。A/V 有尾音＋「- 을 때」，沒有尾音＋「- ㄹ 때」，N 直接加 때。中文譯為「... 的時候」。

例句

1. 혼자 살면 아플 때가 제일 서러워요 .
自己一個人住的話，生病的時候最難過。

2. 아빠 엄마가 집에 없을 때 몰래 게임해야겠어요 .
爸爸媽媽不在家的時候，要來偷偷玩遊戲。

3. 기분이 꿀꿀할 때 달짝지근한 것이 최고다 .
心情不好的時候，甜滋滋的東西最棒了。

4. 먹고 싶을 때 먹어야죠 .
想吃的時候就要吃呀。

5. < 남자가 사랑할 때 > 는 2014 년도의 한국 영화예요 .
《當男人戀愛時》是 2014 年的韓國電影。

照樣造句

1. 辛苦的時候，可以依靠我。

    ______________ 나한테 기대도 돼 .

2. 睡覺的時候，打呼的很嚴重。

    ______________ 코를 심하게 골아요 .

3. 想哭的時候，就哭吧！

    ______________________________.

⊞ 查看更多單字 - 關於家人的名詞

(외) 할아버지 /(외) 할머니	(外) 祖父 /(外) 祖母
아버지 (아빠)/ 어머니 (엄마)	父親 (爸爸)/ 母親 (媽媽)
오빠 / 형	哥哥 (女稱男 / 男稱男)
언니 / 누나	姊姊 (女稱女 / 男稱女)
남동생 / 여동생	弟弟 / 妹妹
고모	姑姑
이모	阿姨
외삼촌	舅舅
사촌 (오빠 / 언니 / 형 / 누나 / 동생)	表、堂兄弟姊妹
조카 / 조카딸	姪子 / 姪女

prettychian2

피곤하니까 셀카는 간단하게 한 장만ㅋㅋㅋㅋ

셀카 # 셀피 # 셀카그램 # 좋반 # 맞팔

2-14 芊芊｜簡單自拍一張就好

貼文內容

피곤하니까 셀카는 간단하게 한 장만ㅋㅋㅋㅋ
셀카 # 셀피 # 셀카그램 # 좋반 # 맞팔

翻譯年糕

因為很累，所以自拍簡單的一張就好 哈哈哈哈

單字瀏覽

피곤하다 (adj.) 疲倦、累	셀카 (n.) 自拍
간단하다 (adj.) 簡單、容易	장 (依存名詞) 張 (紙的數量單位)

我的 Hashtag

韓文 Hashtag	中文 Hashtag	補充說明
# 셀카	# 自拍	以寫作時間為準，此 Hashtag 數高達 9,123 萬。
# 셀피	# 自拍	為英文 Selfie 的韓文拼寫，也同為自拍之意。以寫作時間為準，此 Hashtag 數高達 7,029 萬。
# 셀카그램	# 自拍 gram	「셀카 (自拍) ＋인스타그램 (instagram)」的合成語。
# 좋반	# 按讚反射	是「좋아요 (讚) ＋반사 (反射)」的縮略語，意指「你按讚的話，我也會按讚把讚數反射回去」。以寫作時間準，此 Hashtag 數已高達 4,637 萬。
# 맞팔	# 互相追蹤	「맞 (相對) ＋팔로우 (follow)」，意指互相追蹤。以寫作時間為準，此 Hashtag 數高達 1.5 億。

♡ 主題句型

피곤하니까 셀카는 간단하게 한 장만 .

因為很累，所以自拍簡單的一張就好。

A/V-(으) 니까 / N-(이) 니까 因為 A/V/N，所以 ...

「-(으) 니까」表示主觀性的理由或原因，有尾音的加「- 으니까」，沒有尾音的加「- 니까」，可以與命令句、勸誘句一起使用，前面也可以加過去式「- 았 / 었」或未來式「- 겠」等時態。

例句

1. **초콜릿을 먹으니까 기분이 좋네요 .**
   吃了巧克力，所以心情很好。
2. **아프니까 청춘이다 .**
   因為痛所以是青春。
3. **더우니까 빨리 집에 들어가자 .**
   因為很熱，所以我們趕快回家吧！
4. **넉넉하게 준비했으니까 많이 드세요 .**
   因為準備了很多，多吃一點。
5. **밖으로 못 나가니까 좀 답답합니다 .**
   因為無法出門，有點悶。

照樣造句

1. 這家店因為食物不好吃，所以很快就倒閉了。

   이 식당 음식이 맛없 ______________ 빨리 망한 거예요 .

2. 因為在下雨，不想出門了。

   비가 ______________ 나가고 싶지 않네요 .

3. 因為人很多，所以我們下次再來吧！

   ____ .

⊞ 查看更多單字 - 關於自拍的新造語

프사	大頭貼「프로필 사진」的縮寫，語源為「profile 寫真」。
프사기꾼	頭貼騙子，「프사（大頭貼）＋사기꾼（騙子）」的合成語，指「大頭貼照騙子」。
셀기꾼	自拍照騙子，「셀카（自拍）＋사기꾼（騙子）」的合成語，指「自拍照騙子」。
셀고	對自拍沒有天分的人，指不管怎麼拍，拍出來的自拍照都比本人難看，「셀카（自拍）＋고자（閹人）」的合成語。
인생짤	人生中最美的照片。
메완얼	完成化妝的是臉蛋，「메이크업의 완성은 얼굴」的縮寫。意即不管化妝技術再怎麼厲害，最終還是要臉長得好看才行。
꾸안꾸	有裝扮又像是沒裝扮，「꾸민듯 안 꾸민듯 꾸민」的縮寫。
꾸꾸꾸	打扮了也很邋遢、認真打扮卻不像有打扮的，「꾸며도 꾸질 꾸질」或是「꾸며도 꾸며도 꾸민 것 같지 않은」的縮寫。

potatomom __ life

오랫동안 준비한 우리 카페가
드디어 다음 달에 오픈할 예정입니다 !!
남편이 커피에 대한 열정을 다 쏟은 곳입니다 🥺 🥺♡
많이 놀러 와 주세요 !
가오픈 # 카페 # 카페탐방 # 아아 # 얼죽아

2-15 蓉媽｜我們的咖啡廳終於要開幕了

貼文內容

오랫동안 준비한 우리 카페가
드디어 다음 달에 오픈할 예정입니다 !!
남편이 커피에 대한 열정을 다 쏟은 곳입니다 🥺 🥺 ♡
많이 놀러 와 주세요 !
가오픈 # 카페 # 카페탐방 # 아아 # 얼죽아

翻譯年糕

準備很久的我們的咖啡廳
終於要在下個月開幕了 !!
這是我丈夫對咖啡傾注全部熱情的地方 🥺 🥺 ♡
大家要多多來玩喔！

單字瀏覽

오랫동안 (n.) 很久、許久、很長時間	**카페 (n.)** 咖啡廳，語源：cafe
준비하다 (v.) 準備、預備	**드디어 (adv.)** 終於、總算
다음 (n.) 下、下一個	**달 (n.)** 月、月份
오픈하다 (v.) 開，語源：open	**예정 (n.)** 預定、事先決定

남편 (n.) 丈夫、老公	**커피 (n.)** 咖啡
열정 (n.) 熱情	**쏟다 (v.)** 倒、傾倒
놀다 (v.) 玩、玩耍	

我的 Hashtag

韓文 Hashtag	中文 Hashtag	補充說明
# 가오픈	# 試營運	「가 (假) ＋오픈 (open)」，指商店或事業體在正式營運之前，先行開店。
# 카페	# 咖啡廳	韓國咖啡文化盛行，根據 2018 年的統計資料顯示，韓國全境約有 71,000 多間咖啡廳，成人每年每人平均咖啡消費量為 350 杯以上。
# 카페탐방	# 咖啡廳尋訪	
# 아아	# 冰美	取「아이스 아메리카노 (冰美式咖啡)」一詞中，「아이스 (ice)」的「아」和「아메리카노 (美式咖啡)」的「아」縮寫成的新造語。
# 얼죽아	# 就算凍死也要冰美式	「얼어 죽어도 아이스 아메리카노」的縮寫。

♡ 主題句型

다음 달에 **오픈할 예정입니다 !!**

預計下個月開幕！！

時間 N ＋에 表示某時間點

「에」接在時間名詞後，表示「에」前面的時間名詞為某事情、行為發生的時間點的副詞格助詞，使前面的時間名詞轉變為副詞，以修飾後子句。若該時間名詞本身也包含副詞的詞性時，則不須再加上「에」。

包含副詞詞性的時間名詞有：그저께 (前天), 어제 (昨天), 오늘 (今天), 내일 (明天), 모레 (後天), 언제 (何時), 매일 (每天), 지금 (現在), 보통 (通常), 아까 (剛剛), 방금 (剛才)... 等，這些時間名詞則不加「에」。

例句

1. 주말에 데이트하러 가자 .
   我們週末去約會吧！

2. 월요일에 한국어 수업이 있습니다 .
   星期一有韓文課。

3. 평일에 일해야 돼요 .
   平日要工作。

4. 내년에 한국에 갈 거예요 .
   明年要去韓國。

5. 아침에 샌드위치 하나 먹었어요 .
   早上吃了一個三明治。

照樣造句

1. 最近有有趣的電影嗎？

   최근 ________ 재미있는 영화가 있어요？

2. 下週有時間嗎？

   ________ 시간이 있어요？

3. 這次情人節和男友約了會。(발렌타인 데이 情人節)

   ________________________.

⊞ 查看更多單字 - 關於咖啡的新造語

커피 노마드족	咖啡遊牧族，指為了尋找 CP 值好的咖啡，而到各個咖啡廳遊牧的族群。語源：Coffee nomad 族。
코피스족	咖啡廳辦公族，為「Coffee(咖啡) + office(辦公室)」的合成語，指將咖啡廳當成工作、辦公場所的族群。
카공족	咖啡廳讀書族，為「Coffee(咖啡) + 공부 (唸書、讀書)」的合成語，指在咖啡廳讀書的族群。
따아	熱美式，為「따뜻한 아메리카노」的縮寫。
아바라	冰香草拿鐵，為「아이스 바닐라 라떼」的縮寫。

PART

3

發韓文 IG
越發越上手？

挑戰寫一篇完整的 IG 生活紀錄吧！

water22daily

오랜만에 친구와 맛집에 왔어요 !! 여기 까르보나라가 진짜 맛있어요 🥰 🥰

맛집탐방 # 맛집추천 # 먹스타그램 # 핫플 # 존맛탱 # 먹부림

3-1 水水｜這裡的奶油培根義大利麵真好吃

貼文內容

오랜만에 **친구**와 **맛집**에 **왔어요 !! 여기 까르보나라**가 진짜 **맛있어요** 🥰 🥰
#맛집탐방 #맛집추천 #먹스타그램 #핫플 #존맛탱 #먹부림

翻譯年糕

久違地和朋友一起來了美食餐廳啦 !! 這裡的奶油培根義大利麵真的好吃 🥰 🥰

單字瀏覽

오랜만 (n.) 隔了許久、久違，是「오래간만」的縮寫	**까르보나라 (n.)** 培根蛋奶義大利麵，或可作 카르보나라。韓國人更常用까르보나라。
친구 (n.) 朋友	**진짜 (adv.)** 真的
맛집 (n.) 美食店家、美味的餐廳	**여기 (代名詞)** 這裡、這邊
맛있다 (adj.) 美味、好吃的	

我的 Hashtag

韓文 Hashtag	中文 Hashtag	補充說明
# 맛집탐방	# 美食店家尋訪	
# 맛집추천	# 美味店家推薦	
# 먹스타그램	# 吃 stagram	먹다 (吃) ＋ 인스타그램 (instagram) 的合成語
# 핫플	# 熱點	핫플레이스 (hot place) 的韓文縮寫，韓國人經常在熱門景點、熱門咖啡廳、熱門餐廳打卡時加上這個 Hashtag
# 존맛탱	# 超爆好吃	由俚語「존맛 (超好吃)」加上一個「탱」賦予強調的意味 * 請注意：존맛 的「존」是「존나」 縮寫，而「존나」是較不文雅的單字，不建議單獨使用。亦請盡量不要用在不熟的人或長輩身上。
# 먹부림	# 狂吃	是由「먹다 (吃) ＋몸부림 (n.) (掙扎、拼命)」的合成語，意指不是單純地吃而已，還拼命瘋狂地的吃。是韓國人在發一些美食文章時，時常使用的Hashtag喔！

♡ 主題句型 1

오랜만에 **친구**와 **맛집**에 왔어요 !!

久違地和朋友來了美食餐廳 !!

오랜만에 N 와 / 과 V(過去式) 久違地和 N 做了 V

「와 / 과」前的名詞有尾音加「과」，沒有尾音則加「와」。「와 / 과」加在名詞後面表示該名詞為「共同行動的對象」，等於中文裡的「和」、「跟」、「與」。多用於正式語氣發言 (演講、報告 ..)、文章 (書面語) 中。日常生活對話則是較常使用同義文法「하고」或是「(이) 랑」。

本句型亦可不加「오랜만에 (久違地)」，若以「N 와 / 과 V(過去式)」形式出現，單純指「和 N(某人) V(做了某事)」的句型。

例句

1. 오랜만에 가족들과 외식했습니다 !
   久違地和家人一起外食了！！
2. 오랜만에 남친과 심야영화를 봤어요 .
   久違地和男友看了深夜電影。
3. 오랜만에 오빠랑 여행왔다 .
   久違地和男友來旅行了。
4. 동료들과 회식했습니다 .
   和同事們聚了餐。
5. 여친하고 싸웠어요 .
   和女友吵架了。

照樣造句

1. 久違地和朋友喝了一杯燒酒。

   오랜만에 ______________ 소주 한 잔 했어요 .

2. 久違地和高中同學們見了面。

   ______________ 고등학교 동창들 ______ 만났어요 .

3. 和曖昧對象約了會。(썸남 曖昧男 or 썸녀 曖昧女)

   ______________________________________ .

主題句型 2

까르보나라가 진짜 **맛있어요 .**

奶油培根義大利麵真的好吃。

N 이 / 가 진짜 A(現在式). N 真的 A

「이 / 가」為主格助詞，代表前面的 N 為整個句子的主詞，有尾音的名詞加「이」，沒有尾音的名詞加「가」，例如：「학생이／배우가」。

「진짜」可當名詞或副詞，也可以把「진짜」代換成各種程度副詞，例如：「너무 , 정말 , 아주 , 매우 , 굉장히 , 되게…」。

例句

1. 현빈이 진짜 멋있어요 .
   玄彬真的很帥。

2. 이 노래가 진짜 좋아요 .
   這首歌真的很好聽。

3. 한국어가 진짜 재미있습니다 .
   韓文真的很有趣。

4. 남친이 진짜 착해 .
   男友真的很善良。

5. 날씨가 진짜 맑아요 .
   天氣真的很晴朗。

照樣造句

1. 肚子真的很餓。

   배 ______ 진짜 ______________ .

2. 這部電影真的很悲傷。

   이 영화 ______ 진짜 ______________ .

3. 心情真的很糟。(더럽다 髒，韓國人會用「髒」來形容心情不好)

   ______________________________________ .

⊕ 查看更多單字 - 常見義大利麵名稱

토마토 파스타	紅醬義大利麵
크림 파스타	白醬義大利麵
오일 파스타	橄欖油義大利麵
로제	粉紅醬
페스토	青醬
뽀모도로	番茄義大利麵 (Pomodoro)
볼로네즈	番茄肉醬義大利麵 (Bolognase)
까르보나라	培根蛋奶義大利麵 (Carbonara)
알리오 올리오	香蒜橄欖油義大利麵 (Aglio e olio)
봉골레	白酒蛤蠣義大利麵 (Vongole)
리조또	燉飯 (Risotto)
그라탕 / 그라탱	焗烤類 (gratin)
피클	醃黃瓜 (pickle)

potatomom __ life

타이페이에 이런 키즈카페가 있다니 😲🤩

키카 # 육아 # 베이비스타그램 # 아들맘 # 도치맘

3-2 蓉媽｜台北居然有這種親子咖啡廳

貼文內容

타이페이에 **이런 키즈카페**가 있다니 😳 🤩
키카 # 육아 # 베이비스타그램 # 아들맘 # 도치맘

翻譯年糕

台北居然有這種親子咖啡廳 😳 🤩

單字瀏覽

타이페이 (n.) 台北，根據正確的韓文綴字法應拼為「타이베이」，但因為網路上使用英文發音拼寫的「타이페이」也常被使用，因此在本書中統一使用「타이페이」。	**이런 (冠行詞)** 這種 **키즈카페 (n.)** 親子咖啡廳 **있다 (v./adj.)** 有、存在

我的 Hashtag

韓文 Hashtag	中文 Hashtag	補充說明
# 키카	# 親子咖啡廳	키즈카페 (親子咖啡廳) 的縮寫
# 육아	# 育兒	
# 베이비스타그램	#Babystagram	베이비 (baby) ＋인스타그램 (instagram) 的合成語，與育兒相關的 po 文經常使用的 Hashtag 之一。 另外以육아 (育兒) 加上인스타그램 (instagram) 的 「육아스타그램」，或是아기 (小孩) 加上인스타그램 (instagram) 的「아기스타그램」這類的 Hashtag 也非常受到育兒的爸爸媽媽們歡迎。
# 아들맘	# 兒子的媽	아들 (兒子) ＋맘 (mom 媽媽) 的合成語，育兒的媽咪們經常使用的 Hashtag。如果是生女兒媽咪們則是使用 딸 (女兒) ＋맘 的「딸맘」標註。
# 도치맘	# 刺蝟媽媽	由고슴도치 (刺蝟) 的도치＋맘 (mom 媽媽) 的合成語。因為刺蝟是出了名愛自己的小孩的動物，所以「도치맘」就是比喻自己就像刺蝟一樣地愛小孩的用法。

♡ 主題句型 1

타이페이에 **이런 키즈카페**가 있다 .
台北有這種親子咖啡廳

N1 에 N2 이 / 가 있다 . 在 N1 有 N2

「에」為助詞，在此表示「存在的位置」。N2 若有尾音加「이」，沒有尾音加「가」。「있다」為「有」或「存在」的意思。

例句

1. 우리 집에 스위치가 있어요 .
   我家有 Switch.
2. 부산에 돼지국밥이 있습니다 .
   釜山有豬肉湯飯。
3. 대만에 101 빌딩이 있어요 .
   台灣有 101。
4. 화장실에 생리대가 있어 .
   廁所有衛生棉。
5. 저 바에 멋진 바텐더 분이 있습니다 .
   那個酒吧有帥氣的調酒師。

照樣造句

1. 手機裡有男友的照片

핸드폰 ________ 남친 사진 ________ 있어요 .

2.Netflix 有韓國電影。(넷플릭스 Netflix)

________ 에 ________________ .

3. 家裡有客人。

________________________ .

主題句型 2

타이페이에 이런 키즈카페가 있다니 .

台北居然有這種親子咖啡廳。

V/A- 다니， N -(이) 라니　居然 V/A/N

「- 다니」對某種事實感到驚訝、感嘆或不可置信時使用，後面也可承接話者自身的想法、判斷、情感，自言自語時也能使用。表示現在事實、習慣的動詞需直接加上「- 다니 (V/A ＋다니)」，但若是要對從他人口中聽來資訊表示感嘆的話，則是使用「V- ㄴ / 는다니 , A- 다니」。

以從他人口中得來的資訊為根據，發表感嘆之「V- ㄴ / 는다니」的變化表格如下：

V	A	N
有尾音 V- 는다니 沒尾音 V- ㄴ다니	A- 다니	有尾音 N- 이라니 沒尾音 N- 라니
** 있다 / 없다與動詞 (V) 一同變化		

例句

1. **이 옷이 이렇게 비싸다니 . 말도 안 돼 .**
   這件衣服居然那麼貴！真不像話。

2. **여친분이 이렇게 예쁘시다니 .**
   女友居然這麼漂亮！

3. **하루에 영화 3 편이나 본다니 . 대단하다 !**
   你居然一天看 3 部電影，太厲害了！

4. **살다 살다 이런 일을 다 당하다니 .**
   活著活著居然會遇到這種事 .

5. **네가 재벌 아들이라니 , 믿기지가 않아 .**
   你居然是富二代！太難相信了！

照樣造句

1. 你居然下個月要結婚了！

   네가다음달에 ______________________________ !

2, 我居然要成為作家了！

   내가 작가가 _______________ !

3. 韓國居然那麼熱！

   ____ !

⊞ 查看更多單字 - 育兒動詞大集合

기저귀를 갈다	換尿布
분유를 먹이다	餵喝奶粉 (奶粉泡的牛奶)
모유 수유하다	餵母乳
젖병 / 젖꼭지를 떼다	戒奶瓶／戒奶嘴
애착이불 (담요) 를 떼다	戒安全被被 (毯毯)
유모차에 태우다	讓 (小孩) 搭嬰兒車
걸음마 보조기를 타다	搭學步車
이유식을 먹기 시작하다	開始吃副食品 (離乳食)
돌잔치를 하다	舉辦周歲宴
돌잡이하다	抓周
어린이집을 가다	去托兒所
유치원을 다니다	去上幼稚園

【韓國的幼兒教育制度】

韓國的「어린이집 (托兒所)」和「유치원 (幼稚園)」的制度與台灣的稍有不同。以托育為目的的「어린이집」招收 0~7 歲的嬰幼兒，而以教育為目的的「유치원」則是招收 5~7 歲的學齡前孩童。台灣則是托兒所招收 2~4 歲嬰幼兒，幼稚園招收 4-6 歲兒童，結合上述兩者兼具托育和教育的則是幼兒園。

adragon0612

연휴에 남친이랑 호캉스 다녀왔음 . 하루 더 있고 싶다ㅠㅠ

호캉스 # 바캉스 # 뷰맛집 # 인생샷 # 여행스타그램

3-3 阿龍｜連假和男友去了「宅度假」

貼文內容

연휴에 남친이랑 호캉스 다녀왔음 . 하루 더 있고 싶다ㅠㅠ
호캉스 # 바캉스 # 뷰맛집 # 인생샷 # 여행스타그램

翻譯年糕

連假和男友去了宅度假，好想再多待一天ＱＱ

單字瀏覽

연휴 (n.) 連假	**하루 (n.)** 一天
호캉스 (n.) 宅度假 (酒店度假)。「호텔 (hotel 飯店、酒店) ＋바캉스」(法語 :vacance 度假、休假) 所組成的合成語。	**남친 (n.)** 男友，남자친구 (男朋友) 的縮寫。 **다녀오다 (v.)** 去了一趟回來、去過。

我的 Hashtag

韓文 Hashtag	中文 Hashtag	補充說明
# 호캉스	# 宅度假	酒店度假
# 바캉스	# 度假	語源：Vacance (法語，度假)
# 뷰맛집	# 景點	英文的 view(景色)+ 맛집 (美味的名店) 的合成語，指以景色出名的地方。
# 인생샷	# 人生美照	인생 (人生)+ 샷 (shot) 的合成語，指人生中最美、最好的照片。
# 여행스타그램	# 旅行 stagram	「여행 (旅行) ＋인스타그램 (instagram)」的合成語，與旅遊相關的 po 文經常使用的 Hashtag 之一。

♡ 主題句型 1

호캉스를 다녀왔다 .

去了宅度假 (酒店度假)

N 을 / 를 다녀왔다 . 去了 N(然後回來了)

「N- 을 / 를 다녀왔다」 為過去式，表示去了某處 (且已經回來了)。有尾音的加「을」，沒有尾音的 N 加「를」。除了「다녀오다」之外，「N 을 / 를」 也可加其他移動性動詞 (如「가다 , 오다」等)，表示有目的性的移動到某場所或狀態。

另有「N 에＋移動性動詞」的表現方式，以下為「N 에＋移動性動詞」和「N 을 / 를＋移動性動詞」 之比較表格。

N	N 에＋移動性動詞 （較強調場所）	N 을 / 를＋移動性動詞 （較強調動作的目的性）
物理性存在 (ex: 학교 , 집 , 헬스장….)	O	O
具體的位置 (ex: 학교 앞 , 집 아래 , 헬스장 안….	O	X
行為的目的 (ex: 출장 , 운동 , 등산 , 여행….)	X	O

例句

1. 여행을 다녀왔어요 .
   去旅行回來了。

2. 한국을 다녀왔어 .
   去韓國回來了。

3. 출장을 다녀왔습니다 .
   去出差回來了。

4. 마트를 다녀왔다 .
   去超市回來了。

5. 화장실에 다녀왔다 .
   去廁所回來了。

照樣造句

1. 去了指甲彩繪店。

   네일샵 ________ 다녀왔어요 .

2. 去了健身房。

   헬스장 ______________ .

3. 去休假回來了。

   ____ .

主題句型 2

하루 더 있고 싶다 .

想多待一天。

V- 고 싶다 . 想做 V

「- 고 싶다」表示話者的希望、期盼，主語只能是第一人稱 (我) 或第二人稱 (你) 問句和肯定句，第三人稱 (除了我、你之外的其他人) 則是用「- 고 싶어 하다」。
例如：
나는 윤두준 씨를 만나고 싶어 .(O)
너도 윤두준 씨를 만나고 싶어 ? (O)
수수 씨도 윤두준 씨를 만나고 싶어요 .(X)
수수 씨도 윤두준 씨를 만나고 싶어 해요 .(O)

例句

1. 화장실 가고 싶어요 .
   想去洗手間
2. 결혼하고 싶습니다 .
   想結婚
3. 맛난 걸 먹고 싶다 .
   想吃好吃的東西。
4. 앨범을 많이 사고 싶어 .
   想買很多唱片。
5. 남친이랑 헤어지고 싶어요 .
   想和男友分手。

照樣造句

1. 想見歐霸。

   오빠 ________________ .

2. 想去旅行。

   여행 ________________ .

3. 想變有錢人。

   ____ .

⊕ 查看更多單字 - 旅行的種類

배낭여행	背包旅行
세계여행	環遊世界旅行
자유여행	自由行
단체여행	團體旅行
성지 순례 여행	聖地巡禮旅行（朝聖旅行）
히치하이킹	搭便車
랜선여행	線上旅行
홈캠핑	在家露營
카페케이션	咖啡廳度假 (café+vacation 的合成語，指在咖啡廳悠閒地度過時間的新造語）

prettychian2

쿠션 케이스가 너무 귀여워서 사 버렸어요 .. ㅠㅠ

코덕 # 뷰덕 # 뷰티템 # 메이크업 # 데일리메이크업

3-4 芊芊｜氣墊粉餅的外殼太可愛就手滑了…

貼文內容

쿠션 케이스가 너무 귀여워서 사 버렸어요 .. ㅠㅠ
코덕 # 뷰덕 # 뷰티템 # 메이크업 # 데일리메이크업

翻譯年糕

因為氣墊粉餅的外殼太可愛就手滑買了 ...QQ

單字瀏覽

쿠션 (n.) 氣墊 (粉餅)	**케이스** (n.) 盒子、外殼
너무 (adv.) 太	**귀엽다** (adj.) 可愛
사다 (v.) 買	

我的 Hashtag

韓文 Hashtag	中文 Hashtag	補充說明
# 코덕	# 彩妝品控	코스메틱 (Cosmetics，化妝品) + 덕후 (鐵粉、追星族) 的合成語，意指熱愛化妝品之族群。
# 뷰덕	# 美妝控	뷰티 (Beauty) + 덕후 (鐵粉、追星族) 的合成語，意指熱愛美妝的族群
# 뷰티템	# 美妝產品	뷰티 (Beauty) +아이템 (item 項目) 的合成語，意指與美妝相關的產品。
# 메이크업	# 化妝 # 彩妝	語源為 make up
# 데일리메이크업	# 日常彩妝 # 日常妝容	daily 日常 + make up 化妝

♡ 主題句型 1

쿠션 케이스가 너무 귀여워서 사 버렸어요 .

因為氣墊的外殼太可愛，所以就手滑買了。

A/V- 아 / 어서… 因為 A/V (所以)…

「- 아 / 어서」表示一般性原因和理由，等於中文的「因為 ....」。

陽性母音「ㅏ, ㅗ」加「- 아서」，其他母音加「- 어서」，「하다」加「- 여서」 經常縮寫成「해서」。

若需要表達時態則加在最後，「- 아 / 어서」前不可加「- 았 / 었 (過去式) 或 - 겠 (未來式)」等時態，亦不可用於命令句、勸誘句。

例句

1. **배가 너무 고파서 많이 먹었어요 .**
   因為肚子太餓了，所以吃了很多。

2. **여친이 너무 예뻐서 반했어요 .**
   因為女友太漂亮，所以迷上她了。

3. **피곤해서 일찍 잤어 .**
   很累所以很早就睡了。

4. **성격이 안 맞아서 헤어졌습니다 .**
   因為個性不合，所以分手了

5. **많이 먹어서 살이 쪘다 .**
   因為吃太多，所以長肉了。

照樣造句

1. 因為不舒服所以去了醫院。

   ______________ 병원을 갔어요 .

2. 因為昨天沒睡好，所以累。

   어제 잠을 못______________ 피곤해요 .

3. 天氣很好，所以出來了。

   ____________________________________.

♡ 主題句型 2

쿠션 케이스가 너무 귀여워서 사 버렸어요 .

因為氣墊粉餅的外殼太可愛就手滑買了。

V +아 / 어 버리다 . V 掉了

「아 / 어 버리다」表示完全結束了某個動作，因而心理負擔減少，或是事情與預期中的發展不同，可表示心裡舒暢或是遺憾、後悔、可惜。依據前後文判斷，中文常譯為「V 掉了」，但不一定會每次都翻成相對應的中文。因為是完全結束某動作，所以常以過去式出現。

陽性母音「ㅏ , ㅗ」加「아 버리다」；其他母音加「어 버리다」；「하다」加「여 버리다」，縮寫成「해 버리다」。

例句

1. 중요한 약속을 잊어 버렸어요 .
   忘掉了重要的約會。

2. 지갑을 잃어 버렸어요 .
   丟了錢包。

3. 여자친구는 화가 나서 집으로 가 버렸어 .
   女友生氣了，所以回家了。

4. 사랑이 식어 버렸다 .
   愛已冷卻掉了。

5. 남친이 변해 버렸어요 .
   男友變了。

照樣造句

1. 我把剩下的披薩都吃掉了

   (제가) 남은 피자를 다 ________________ .

2. 那個人終於瘋掉了！

   그 사람은 드디어 ________________ .

3. 因為太生氣，就走掉了

   ____ .

⊕ 查看更多單字 - 關於化妝的動詞

메이크업하다 / 화장하다	化妝
파운데이션을 바르다	擦粉底液
눈썹을 그리다	畫眉毛
뷰러로 속눈썹을 올리다	用睫毛夾使睫毛變翹 (= 夾睫毛)
아이섀도우를 그리다	畫眼影
아이라인을 그리다	畫眼線
컨실러로 잡티를 커버하다	用遮瑕膏遮瑕
립스틱을 바르다	塗口紅
블러셔를 바르다	塗腮紅
음영을 넣다 (쉐딩을 하다)	修容

water22daily

캠핑은 하면 할수록 재미있다 . 그래서 또 하러 왔다 . ♡

캠핑 # 캠퍼 # 캠프닉 # 감성캠핑 # 백패킹

3-5 水水｜露營越露越有趣

貼文內容

캠핑은 하면 할수록 재미있다 . 그래서 또 하러 왔다 .

캠핑 # 캠퍼 # 캠프닉 # 감성캠핑 # 백패킹

翻譯年糕

露營越露越有趣。所以又來露啦

單字瀏覽

캠핑하다 (v.) 露營	재미있다 (adj.) 有趣、有意思
그래서 (adv.) 所以、因此	또 (adv.) 又、再

我的 Hashtag

韓文 Hashtag	中文 Hashtag	補充說明
# 캠핑	# 露營	語源：camping
# 캠퍼	# 露營愛好者	露營愛好者、露營的人，語源：camp + er

# 캠프닉	# 野餐露營	캠핑 (camping) ＋피크닉 (picnic) 的合成語。指的是像是去郊遊、野餐般無負擔地到都市近郊露營的新興露營模式，深受韓國年輕人歡迎。特別是在新冠肺炎疫情爆發後，2020 年 6 月份單月的檢索量比起 2019 年同期增加了 13 倍以上。
# 감성캠핑	# 感性露營	감성 (感性) ＋캠핑 (camping) 所組成的合成語。指融合了個人的喜好、風格的露營模式、露營的佈置。
# 백패킹	# 野外背包旅行	語源：backpacking

♡ 主題句型 1

캠핑하면 할 수록 재미있다 .

露營越露越有趣。

V-(으) 면 V - ㄹ / 을 수록… 越 V 越 ....

「- ㄹ / 을 수록」表示遞進，後子句的事情比前子句的事情更進一階，等於中文的「越 ... 越 ....」。

沒有尾音的加「- ㄹ 수록」，有尾音的加「- 을 수록」。

「- ㄹ / 을 수록」可單獨使用，若前面加上「- (으) 면」可加強語氣。

例句

1. 엽떡 (엽기떡볶이) 은 진짜 먹으면 먹을수록 맛있다 .
   獵奇辣炒年糕真的是越吃越好吃。

2. 생각하면 할수록 열받네 .
   越想越生氣。

3. 한국어는 배우면 배울수록 더 어려워지는 것 같아요 .
   韓文好像越學變得越難。

4. 저 남자는 보면 볼수록 매력덩어리네요 .
   那男子真是越看越有魅力啊！

5. 시간이 가면 갈수록 기억이 오히려 더욱 선명해졌다 .
   隨著時間經過，記憶反而變得清晰。

照樣造句

1. 越是練習就會越有要領。

   ________________ 할수록 요령이 생길 거예요 .

2. 這首歌越聽越好聽。

   이 노래는 ________________ 좋은 것 같아요 .

3. 越睡越累。

   ____ .

主題句型 2

캠핑하러 왔다 .

來露營了。

V(으) 러 가다 / 오다 . 去 / 來做 V

「(으) 러 가다 / 오다」表示句中的主語為了完成某目的 (動詞 V)，而去或來，中文可譯為「為了 V 而去 / 來」、「去 / 來 V」。

有尾音的加「- 으러 가다 / 오다」，沒有尾音的加「- 러 가다 / 오다」。

例句

1. 한국어를 공부하러 왔다 .
   來唸韓文的。
2. 밥을 먹으러 가요 .
   去吃飯。
3. 택배 부치러 왔어요 .
   來寄包裹的。
4. 데이트하러 가요 .
   去約會。
5. 한국에 놀러 가요 .
   去韓國玩。

照樣造句

1. 我是來開戶的。

   저는 계좌를 ______________ 왔어요 .

2. 要去日本看演唱會。

   일본에 ______________ 가요 .

3. 韓國朋友要來台灣讀書。

   ____ .

⊕ 查看更多單字 - 戶外活動相關名詞

등산	爬山、登山
캠핑	露營
라이딩	騎腳踏車
조깅	慢跑
하이킹	健行
암벽등반 (클라이밍)	攀岩 (攀登)
프리다이빙	自由潛水
스쿠버다이빙	水肺潛水
스노클링	浮潛
서핑	衝浪

prettychian2

저탄고지 한 지 6 일차…
확실히 뱃살이 좀 빠진 것 같아요 !!
저탄고지 # 키토제닉 # 키토제닉다이어트 # 키토식단 # 식이요법

3-6 芊芊｜肚子上的肉好像有少了一點

貼文內容

저탄고지 한 지 6 일차…
확실히 뱃살이 좀 빠진 것 같아요 !!
저탄고지 # 키토제닉 # 키토제닉다이어트 # 키토식단 # 식이요법

翻譯年糕

低碳高脂第 6 天 ...
肚子上的肉好像有少了一點！！

單字瀏覽

저탄고지 (n.) 低碳高脂 (低碳水化合物，高脂肪)	**차 (依存 n.)** 表示「次數」、「次序」之意。加上 ～天、～個月，～年 後面，表示第幾天、第幾個月、第幾年的「第」。
확실히 (adv.) 確實地	
빠지다 (v.) 掉、脫落	
뱃살 (n.) 肚子肉	

我的 Hashtag

韓文 Hashtag	中文 Hashtag	補充說明
# 저탄고지	# 低碳高脂	低碳水化合物 高脂肪 的縮略語，近年來因生酮飲食減肥盛行，衍生出的單字。韓國人們也常將自己的低碳高脂的菜單、實行成果，搭配此 Hashtag 與照片分享在社群網站上。
# 키토제닉	# 生酮	語源：Ketogenic
# 키토제닉다이어트	# 生酮飲食	語源：Ketogenic diet
# 키토식단	# 生酮食譜	키토제닉 (Ketogenic) ＋ 식단 (菜單、食譜，語源：食單) 所組成的合成語，指的是生酮飲食食譜。在 IG 上打上「키토식단」 可以看到很多韓國人執行生酮飲食的餐點照片喔！
# 식이요법	# 食物療法	語源：食餌療法

♡ 主題句型 1

저탄고지 한 지 6 일차 .

低碳高脂 (到了) 第 6 天

V- ㄴ / 은 지 做 V 經過了多少時間

「- ㄴ / 은 지」表示動作從開始發生，經過了多久之時間，後面經常加上「되다 (到來、屆)、

넘다 (超過)、지나다 (經過)」，表達完整句意。
有尾音加「- 은 지」，沒有尾音加「- ㄴ 지」。

例句

1. **한국어를 배운 지 3 년이 됐어요 .**
   學韓文已經學了 3 年了。

2. **사업을 시작한 지 1 년정도 됐습니다 .**
   創業已經 1 年左右了。

3. **공부한 지 10 분도 안 지났어요 .**
   開始讀書還不到 10 分鐘。

4. **오늘은 다이어트한 지 일주일차예요 .**
   今天是開始節食的第一個禮拜。

5. **현빈 오빠를 짝사랑한 지 이제 10 년차네요 .**
   暗戀玄彬哥哥已經第 10 年了呢。

照樣造句

1. 喜歡防彈少年團已經 5 年了。

   방탄소년단을 ______________ 5 년이 됐어요 .

2. 開始吃素第 3 個月了。

   채식을 ______________________ .

3. 這支 iphone 才買了 1 天不到。

   ______________________________ .

♡ 主題句型 2

뱃살이 좀 빠진 것 같다 .

肚子的肉好像少了一點。

A/V- ㄴ / 은 / 는 것 같다 好像 A/V

「- ㄴ / 은 / 는 것 같다」表示主觀性的「推測」，可用於現在、過去、未來的動作或狀態上，中文可譯為：「好像 ......」，本篇即為此用法。另一用法為表示說話者委婉地表示自己的意見、想法，使語氣較為柔和。

由於本句型現在式、過去式、未來式的變化不盡相同，變化方式為請參考以下表格：

	V	A	N
現在式 (現在好像 ...)	V- 는 것 같다 . 有無尾音都 - 는	A- ㄴ / 은 것 같다 有尾音 - 은 沒尾音 - ㄴ	N- 인 것 같다 . 有無尾音都 - 인
過去式 (過去好像 ...)	V- ㄴ / 은 것 같다 . 有尾音 - 은 沒尾音 - ㄴ	A/N 無單純的過去式變化，通常會加上代表過去式的「- 았 / 었」，再加上表示回想的「- 던」，來表示此文法。 ex: 착했던 것 같다 . 그 사람은 배우였던 것 같다 .	
未來式 (好像要、好像會、可能會 ..)	V- ㄹ / 을 것 같다 有尾音 - 을 沒尾音 - ㄹ	A- ㄹ /을 것 같다 . 有尾音 - 을 沒尾音 - ㄹ	N- 일 것 같다 . 有無尾音都 - 일
** 있다 , 없다 現在式接「- 는 것 같다」，過去式則參考形容詞變化。			

例句

1. 난 너를 좋아하는 것 같아 .
   我好像喜歡你。(V 現在式)

2. 여기 와 본 것 같아요 .
   這個地方好像來過。(V 過去式)

3. 힘들어서 죽을 것 같아요 .
   累得好像快要死掉了。(V 未來式)

4. 이 방법이 진짜 좋은 것 같네요 .
   這個方法真的好像很不錯呢！ (A 現在式)

5. 이 옷은 나한테 좀 클 것 같은데요 .
   這件衣服對我來說好像會有點大。(A 未來式)

6. 그 남자가 남주혁인 것 같아요 .
   那個男生好像是南柱赫。(N 現在式)

7. 전교 일등은 수지일 것 같다 .
   全校第一名好像會是秀智。(N 未來式)

照樣造句

1. 韓國人好像不吃香菜。

   한국 사람들은 고수를 안 ______________________________ .

2. 朴寶劍好像去當兵了。

   박보검이 ______________________________ .

3. 最近好像太忙了。

   ______________________________ .

⊞ 查看更多單字 - 身材相關動詞

살이 빠지다	變瘦
살이 찌다	變胖
살을 빼다	減肥
살을 찌우다	增肥
감량하다	減量 (= 減肥)
증량하다	增量 (= 增重)
벌크업하다	(以增肌的方式) 來增量，語源：bulk up
몸무게를 재다	量體重
인바디를 재다	測 inbody
간헐적 단식하다	間歇性斷食
눈바디를 체크하다	檢視自己的體型，눈 (眼睛) ＋인바디 (inbody) 的合成新造語，指用眼睛測量的 inbody。

adragon0612

유튜버 친구 찬스 ! 친구 덕에 영화 시사회도 와보네 .
영화도 생각보다 진짜 존잼임 .
영화관람 # 띵작 # 시사회 # 영화추천 # 영화스타그램

3-7 阿龍｜託 youtuber 朋友的福，去了電影試映會

貼文內容

유튜버 친구 찬스！친구 덕에 영화 시사회도 와보네 .
영화도 생각보다 진짜 존잼임 .
영화관람 # 띵작 # 시사회 # 영화추천 # 영화스타그램

翻譯年糕

使用 Youtuber 朋友的 chance 啦！託朋友的福，居然也來了電影的試映會呢。
電影也比想像中的更有趣！

單字瀏覽

유튜버 (n.) Youtuber	**찬스 (n.)** 機會，語源為英文的 chance。也經常引申為利用某人來幫助自己、使自己得到好處的機會。
시사회 (n.) 試映會	
오다 (v.) 來	
역시 (adv.) 果真、果然	**잘 (adv.)** 好、很好
생각 (n.) 想法，動詞形為 생각하다 (v.)	**존잼 (n.)** 超有趣，為流行語。

** 注意：「존잼」為「존나」(超級，原為貶低男性生殖器官的「좆」的衍生詞) 加上「재

미있다」(有趣)合成縮寫的新造語，「존나」韓國年輕人雖在口語中經常使用，表示程度副詞「極」、「非常」、「超級」的意義，但仍為非常不文雅的用字，非必要盡量不要單獨使用，向不親近的陌生人和長輩使用更是大忌。但以其衍生出來的「존잼、존귀、존예」 相較之下程度較輕微，因此更被韓國年輕人們大量的使用在社交平台或一般口語中，一樣對親近的人會更常使用，盡量不要向長輩使用。

我的 Hashtag

韓文 Hashtag	中文 Hashtag	補充說明
# 영화관람	# 看電影	漢字：電影觀覽
# 띵작	# 名作	等同於「명작」名作。「띵」是把「명곡」的「명」拆解後重組產生的新字，最近此用法被年輕族族、網路世代廣泛使用。
# 시사회	# 試映會	
# 영화추천	# 電影推薦	
# 영화스타그램	# 電影 Stagram	영화(電影)+인스타그램 (instagram) 的合成語。

♡ 主題句型 1

친구 덕에 **영화 시사회도 와 보네 .**

託朋友的福，居然也來了電影的試映會呢。

N 덕에 / 덕분에 托 N 的福 (因為 N)

「덕에 / 덕분에」 表示原因，因為「덕 (n.)」為漢字音「德」、「덕분 (n.)」為漢字音「德

份」，又韓文釋義為「給予的恩惠或幫助」，因此，此文法用於正面、肯定結果時的「因為」，中文可譯為「多虧了 N」或是「托 N 的福」。

例句

1. 오빠 덕에 입호강했어 .
   託歐霸的福，享嘴福了。
2. 절친 덕에 생애 첫 소개팅했다 .
   託朋友的福，去了人生第一個相親。
3. 학생 덕에 유행어를 많이 배웠어요 .
   託學生的福，學了很多流行語。
4. 교수님 덕분에 취업했어요 .
   託教授的福，就了業。
5. 여러분 덕분에 세미나를 잘 마무리했어요 .
   託各位的福，研討會順利結束。

照樣造句

1. 託小孩的福，過了一個愉快的下午時光。

   아이 ________________ 즐거운 오후 시간을 보냈어요 .

2. 託朋友的福，今天很療癒。

   ________________ 오늘 힐링 많이 됐어요 !

3. 託客戶的福，得到了兩張免費電影兌換卷。(클라이언트 客戶 / 영화교환권 電影兌換券)

   ____ .

♡ 主題句型 2

생각보다 **진짜 존잼임 .**
電影也比想像中的更有趣。

N 보다　比起 N

「보다」表示其前面的名詞為比較的基準或對象，等於中文中的「比 N」、「比起 N」。常見的表現模式有：N1 보다 N2 이 / 가 (比起 N1，N2...) 或是 N2 이 / 가 N1 보다 (N2 比 N1…)。

例句

1. **배달이 예상보다 빨리 왔다 .**
   外送比想像的快送來。
2. **일이 생각보다 잘 안 되네요 .**
   事情比想的還要不順利。
3. **밥보다 면을 더 좋아해 .**
   比起飯更喜歡麵。
4. **가족보다 중요한 것이 없다 .**
   沒有比家人更重要的事了。
5. **여행보다 더 재미있는 일이 어디 있냐 ?**
   還有什麼事情比旅行更有趣嗎？

照樣造句

1. 比起啤酒更常喝燒酒

   맥주 ________________ 소주를 더 자주 마셔요 .

2. 比起過去現在更重要

_______________ 현재가 더 중요해요 .

3. 比起行動，用說的比較簡單。

____ .

⊕ 查看更多單字 - 看電影相關動詞

매진되다	售完
개봉하다	首映、上映、開映 (表示電影首次上映的那個動作)
흥행하다	賣座
상영하다	放映
제작하다 / 되다	製作
추천하다	推薦
감상하다	欣賞
영화 티켓을 예매하다	預訂電影票
영화관에 가다	去電影院
줄을 서다	排隊
티켓을 구매하다	購買電影片
팝콘을 사다	買爆米花
영화를 보다 (영화를 관람하다)	看電影 (觀賞電影)

potatomom __ life

우리 아들 할로윈 분장이 너무 귀여워서 저만 보기 아깝더라구요 ~
앞으로 매년 엄마가 분장해 줄 테니까
아들은 건강하게만 자라주렴 ♡

할로윈 # 할로윈분장 # 육아소통 # 육아맘 # 개띠맘

3-8 蓉媽｜寶寶的萬聖節變裝太可愛，不能只有我看到

貼文內容

우리 아들 할로윈 분장이 너무 귀여워서 저만 보기 아깝더라구요 ~
앞으로 매년 엄마가 분장해 줄 테니까
아들은 건강하게만 자라주렴 ♡
할로윈 # 할로윈분장 # 육아소통 # 육아맘 # 개띠맘

翻譯年糕

兒子的萬聖節裝扮太可愛，只有我自己看太可惜了～
以後每年媽媽都會幫你打扮
兒子只要健康的長大就好了 ♡

單字瀏覽

할로윈 (n.) 萬聖節，韓國人也常常說 할로윈데이	분장 (n.) 扮演、打扮，動詞為 분장하다
아깝다 (adj.) 可惜、心疼、捨不得	건강하다 (adj.) 健康、健壯、健全
매년 (n.) 每年、年年	자라다 (v.) 生長、成長

我的 Hashtag

韓文 Hashtag	中文 Hashtag	補充說明
# 할로윈	# 萬聖節	Halloween 的韓文拼寫方式
# 할로윈분장	# 萬聖裝扮	할로윈（萬聖節）＋분장（裝扮、打扮），指萬聖節的妝容或裝扮
# 육아소통	# 育兒交流	육아（育兒）＋소통（溝通）的合成語，指歡迎 IG 上的網友一起交流或分享關於育兒的心得、情報，是許多有小孩的韓國父母親們上傳小孩照片時一定會加上的 Hashtag 之一。以寫作時間為基準，此 Hashtag 數已高達 3,341 萬。
# 육아맘	# 育兒媽媽	육아（育兒）＋맘 (mom 媽媽）的合成語，指有小孩在育兒的媽媽。以寫作時間為基準，此 Hashtag 數已高達 2,456 萬。
# 개띠맘	# 屬狗小孩的媽	개띠（屬狗）＋맘 (mom 媽媽）的合成語，韓國媽咪們會將小孩子的生肖加上맘 (mom 媽媽）組成一個 Hashtag，本文中的小孩是屬狗，因此是使用「개띠」，若小朋友屬鼠就是「쥐띠맘」，屬牛就是「소띠맘」，以此類推。

♡ 主題句型 1

저만 보기 아깝더라고요 .

只有我看太可惜了。

A/V- 더라고요 . 回想並向他人敘述

「- 더라고요」表示話者回想過去的直接「看到、聽到」的新體驗，並向他人敘述。半語可使用「- 더라」或「- 더라고」。

口語或非正式書寫時，經常將「- 더라고 (요)」寫成「- 더라구요」、「- 더라구」，本篇 IG 貼文中也是此用法。

例句

1. 이 식당 떡볶이가 진짜 맛있더라고요 .
   這間餐廳的辣炒年糕真的好好吃。
2. 박보검을 실제로 봤었는데 진짜 너무 착하고 멋있더라고요 .
   實際見到了朴寶劍，真的覺得他好善良好帥喔。
3. 주말에 지우펀에 갔는데 사람이 참 많더라고요 .
   週末去了九份，人真的好多喔。
4. “우리 이혼했어요”라는 한국 예능은 정말 드라마보다 더 드라마 같더라고요 .
   「我們離婚了」這個韓國綜藝節目真的比連續劇更像連續劇。
5. 이번 신베이 크리스마스 타운은 예전 것보다 훨씬 잘 되어 있더라고요 .
   這次的新北耶誕城，比以前的更好。

照樣造句

1. 用了哀鳳之後，覺得哀鳳比其他的牌子好。

   아이폰을 써 보니까 확실히 다른 브랜드보다 ____________.

2. 那個男生戴的手錶是很貴的手錶。

   그 남자가 차고 있는 시계가 ____________.

3. 外面下了很多雨。

   ______________________________.

主題句型 2

앞으로 매년 엄마가 분장해 줄 테니까

아들은 건강하게만 자라주렴 .

以後每年媽媽都會幫你打扮，兒子只要健康的長大就好了。

V- ㄹ / 을 테니까 我會 V(意志)、應該會 V(推測)

「- ㄹ / 을 테니까」可表示話者的推測或意志。表示推測時，主語可以任何人事物，但表示意志時，主語只能使用第一人稱，在本篇中主要表示話者的「意志」，等於中文的「我會 ...(表意志)」、「應該會 ...(表推測)」，通常後接子句為給聽者的建議、提議。

有尾音的加「- 을 테니까」，沒有尾音的加「- ㄹ 테니까」。

例句

1. 오빠가 금방 갈 테니까 좀 기다려 .
   歐霸馬上就過去了，再等一下喔！

2. 돈을 많이 벌 테니까 걱정하지 마 .
   我會賺很多錢的，別擔心！

3. 제가 알아서 할 테니까 신경 끄세요 .
   我會自己看著辦，不用你管。

4. 진짜 잘 해줄 테니까 우리 결혼하자 .
   我真的會對你很好，我們結婚吧！

5. 당신도 피곤할 테니까 일찍 쉬어요 .
   你應該也很疲倦了，早點休息吧。

照樣造句

1. 我來洗碗，你去倒垃圾吧！

   내가______________ 당신이 쓰레기를 좀 갖다 버려줘 .

2. 我會再更努力的，請再給我一次機會吧！

   더______________ 다시 한 번 기회를 주세요 .

3. 我會帶蛋糕去，你們就準備其他的東西吧！

   ____________________________________ .

⊞ 查看更多單字 - 重要節日名稱

신년 / 새해	新年
설	農曆新年
발렌타인 데이	情人節，根據外來語標記法，Valentine's Day 正確的韓文標記「밸런타인 데이」，但韓國人慣用「발렌타인 데이」。
화이트데이	白色情人節
만우절	愚人節
어버이날	父母節，韓國為父母節 5 月 8 日，台灣則是分為어머니날 (母親節)、아버지날 (父親節)。
스승의 날	教師節，韓國 5 月 15 日，台灣 9 月 28 日。
단오	端午
칠석날	七夕
추석	中秋節 (秋夕)，台韓都是農曆 8 月 15 日。
광복절	光復節，韓國 8 月 15 日，台灣 10 月 25 日。
국경일	國慶日，韓國 3/1, 7/17, 8/15 , 10/03 , 10/09 都是國慶日，台灣則是 10/10 雙十國慶。
빼빼로 데이	PEPERO DAY 為 11 月 11 日，韓國人互相贈送 PEPERO 餅乾的紀念日。始於 1993 年，一位中學生分送 PEPERO 餅乾給學校的人，意味著「像 PEPERO 一樣變苗條吧！」，於 1996 年開始大流行。
크리스마스	聖誕節

star_luv_shinkids

중간고사 때문에 스트레스가 장난 아님 ..
지금 당장 오빠들의 콘서트를 볼 수 있었으면 좋겠다ㅠㅠ
학생스타그램 # 고딩 # 고 2 # 공스타그램 # 시험기간

3-9 星星｜期中考壓力不是蓋的，好想看演唱會

貼文內容

중간고사 때문에 스트레스가 장난 아님 ..
지금 당장 오빠들의 콘서트를 볼 수 있었으면 좋겠다ㅠㅠ
학생스타그램 # 고딩 # 고 2 # 공스타그램 # 시험기간

翻譯年糕

因為期中考，我的壓力真不是蓋的 ..
好希望現在就可以看到歐霸們的演唱會喔ㅠㅠ

單字瀏覽

중간고사 (n.) 期中考	스트레스 (n.) 壓力
장난 (n.) 玩笑	아니다 (adj.) 不是
지금 (n.) 現在	당장 (n.) 立刻、馬上

我的 Hashtag

韓文 Hashtag	中文 Hashtag	補充說明
# 학생스타그램	# 學生 stagram	학생 (學生) ＋인스타그램 (instagram) 的合成語。
# 고딩	# 高中生	고등학교 학생 (高中生) 的簡稱，「딩」是從고등 (高等) 的등 (等) 變形而來。
# 고 2	# 高 2	高二的韓文，以此類推高一為고 1，高三為고 3。
# 공스타그램	# 念書 stagram	공부 (念書) ＋인스타그램 (instagram) 的合成語。
# 시험기간	# 考試期間	

♡ 主題句型 1

중간고사 때문에 **스트레스가 장난 아님 .**

因為期中考，我的壓力真不是蓋的

N 때문에　因為 N

V/A - 기 때문에　因為 V/A

「때문에」表示前子句是後子句的原因或理由。相較於「- 아 / 어서」或 「-(으) 니까」而言較為正式，主要使用於書面語或正式的談話中。

例句

1. **남친 때문에 미치겠다 .**
   因為男友，真的快瘋了。

2. **문화차이 때문에 조금 힘들어요 .**
   因為文化差異，有點辛苦。

3. **한류 드라마 때문에 한국어 배웠어요 .**
   因為韓流電視劇，學了韓文。

4. **조별 과제 때문에 너무 스트레스를 받아 .**
   因為小組作業，壓力好大。

5. **요즘 남편 때문에 행복해요 .**
   最近因為老公，覺得很幸福。

照樣造句

1. 因為公司上司，真的想要辭職。

   회사 상사________________ 진짜 회사를 그만두고 싶어요 .

2. 因為明天的報告，今天必須熬夜。（프레젠테이션 報告，發表）

   ________________________________ 오늘 밤새야 돼요 .

3. 因為新冠肺炎，所以無法出國。(코로나 新冠肺炎)

   ____ .

♡ 主題句型 2

지금 당장 오빠들 콘서트를 볼 수 있었으면 좋겠다.

好希望現在就可以看到歐霸們的演唱會喔。

A/V- 았 / 었으면 좋겠다 如果 A/V 的話就好了、希望 A/V

「- 았 / 었으면 좋겠다」表示希望、期待或假設，對於表達對於未實現事情的期待和希望，也可以用於當前事實與內心期待相反時，假設狀況已經符合內心所想，中文可譯為「如果 ... 的話就好了」或是「希望 ...」。

陽性母音「ㅏ, ㅗ」加「- 았으면 좋겠다」，其他母音加「- 었으면 좋겠다」，「하다」加「- 였으면 좋겠다」，縮寫成「- 했으면 좋겠다」。

例句

1. 부자가 됐으면 좋겠네요.
   希望變成有錢人 (如果變成有錢人的話就好了)。

2. 방탄소년단이 내 꿈에 나왔으면 좋겠어요.
   希望防彈少年團在我的夢中出現。

3. 집을 살 수 있었으면 좋겠다.
   希望可以買房子。

4. 로또 당첨됐으면 좋겠다.
   希望中樂透。

5. 결혼 안 했으면 좋겠어.
   如果沒有結婚的話就好了。(＝希望自己沒有結婚)

照樣造句

1. 希望你不要太傷心。

너무 슬퍼하지 않 ______________ .

2. 希望可以和孔劉結婚。

공유 씨하고 ______________________ .

3. 希望再高個 10 公分。

________________________________ .

查看更多單字 - 校園生活相關詞彙

중간고사 / 중간시험	期中考
기말고사 / 기말시험	期末考
대학수학능력시험 (수능)	大學修學能力試驗 (修能)，韓國的高中升大學的考試
수학 문제를 풀다	解數學題目
공부하다	讀書
학원을 다니다	上補習班
동아리 활동하다	玩社團
왕따를 당하다	被孤立、排擠
학교폭력에 시달리다	遭受校園暴力

prettychian2

제가 좋아하는 그린티 크림 프라푸치노를 마시러 스벅에 왔는데
신메뉴가 너무 맛있어 보여서 시켰습니당 ♡♡
스벅 # 스타벅스그램 # 스세권 # 스벅덕후 # 스벅 md

3-10 芊芊｜星巴克的新品看起來超好喝

貼文內容

제가 좋아하는 그린티 크림 프라푸치노를 마시러 스벅에 왔는데
신메뉴가 너무 맛있어 보여서 시켰습니당 ♡♡
스벅 # 스타벅스그램 # 스세권 # 스벅덕후 # 스벅 md

翻譯年糕

來星巴克喝我愛的抹茶奶霜星冰樂，
不過新品看起來超好喝的就點了 ♡♡

單字瀏覽

좋아하다 (v.) 喜歡、喜愛	마시다 (v.) 喝
그린티 크림 프라푸치노 (n.) 抹茶奶霜星冰樂	스벅 (n.) 星巴克，為스타벅스 (Starbucks) 的縮寫。
신메뉴 (n.) 新菜單、新商品。	시키다 (v.) 點 (菜、餐)

我的 Hashtag

韓文 Hashtag	中文 Hashtag	補充說明
# 스벅	# 星巴克	스타벅스 (Starbucks) 的縮寫
# 스타벅스그램	# 星巴克 gram	스타벅스 (Starbucks 星巴克) ＋인스타그램 (instagram) 的合成語
# 스세권	# 星勢圈	스타벅스 (Starbucks) ＋역세권所組成的合成語。 「역세권」漢字語源為「驛勢圈」，指日常生活利用火車站或地鐵站的周邊居民的分佈範圍。因此徒步可行的距離中有星巴克店家的範圍均可稱為「스세권」。
# 스벅덕후	# 星巴克迷 # 星巴克控	스타벅스 (Starbucks 星巴克) ＋덕후 (鐵粉、追星族) 的合成語，意指熱愛星巴克的族群。
# 스벅 md	# 星巴克限定商品	星巴克季節限定商品。為스타벅스 (Starbucks 星巴克) ＋ MD 상품 (指特定品牌掌握市場動向後推出的特別企劃商品。語源：Merchandising 商品，又稱엠디상품。) 的合成語。

♡ 主題句型 1

그린티 크림 프라푸치노를 마시러 스벅에 왔는데
신메뉴가 너무 맛있어 보여서 시켰습니다 .
來喝我愛的抹茶奶霜星冰樂，不過新品看起來超好喝的就點了。

A/V- ㄴ / 은 / 는데 表示前提

「- ㄴ / 은 / 는데」 在本篇中 (包括以下造句) 表示前提，前子句先提示相關的背景狀況，後子句再加以詳細說明。除表示前提之外，「- ㄴ / 은 / 는데」也有表示前後子句出現相反或對照狀況時使用，等於中文的「可是」。

變化請參考以下表格：

	V	A	N
現在式	V- 는데	A- ㄴ / 은데	N- 인데
過去式	V- 았 / 었는데	A- 았 / 었는데	N- 였는데 / 이었는데
未來式 (具猜測意味)	V- ㄹ / 을건데	A- ㄹ / 을건데	N- 일건데
있다 , 없다 現在式跟著動詞做變化，接「- 는데」			

例句

1. 그 식당은 별로 맛없는데 다른 데 가볼까요？
   這間餐廳不怎麼好吃，要不要去其他地方呢？
2. 좋아하는 사람이 생겼는데 어떻게 고백해야 될지 모르겠어요.
   我有喜歡的人了，但不知道要怎麼告白。
3. 오늘은 당신의 생일인데 갖고 싶은 게 없어？
   今天是你的生日欸，沒有想要什麼東西嗎？
4. 나 지금 좀 피곤한데 나중에 통화하면 안돼？
   我現在有點累，不能之後再講電話嗎？
5. 나나 씨는 예쁜데 내 스타일이 아니야.
   娜娜雖然漂亮，可是不是我的菜。

照樣造句

1. 我很喜歡韓國文化，可是有點難適應韓國社會。

   ＿＿＿＿＿＿＿＿＿＿ 한국 사회에 적응하기가 조금 어렵네요.

2. 早上起床後，突然肚子好痛。

   ＿＿＿＿＿＿＿＿＿＿ 배가 갑자기 너무 아픈 거예요.

3. 有在曖昧的對象，可是應該不會和他交往。(썸타는 사람 正在搞曖昧的人)

   ＿＿＿＿＿＿＿＿＿＿＿＿＿＿＿＿＿＿＿＿.

♡ 主題句型 2

신메뉴가 너무 맛있어 보여서 시켰습니당 .
新品看起來超好喝的就點了。

A- 아 / 어 보이다 看起來 A

「- 아 / 어 보이다」表示透過觀察外表，推測他人的情感或事物的狀態，等於中文「看起來 ...」。
陽性母音「ㅏ , ㅗ」加「- 아 보이다」，其他母音加「- 어 보이다」，「하다」加「- 여 보이다」 縮寫成「- 해 보이다」。
「- 아 / 어 보이다」僅限和形容詞結合，不可與動詞結合使用。另外「- 아 / 어 보이다」也等於「- 게 보이다」，例如：다들 행복해 보여요 .= 다들 행복하게 보여요 .

例句

1. **너 오늘 되게 힘들어 보여 . 무슨 일이 있어 ?**
   你今天看起來很累，有什麼事嗎？
2. **이 의자가 완전 편해 보인다 !**
   這張椅子看起來超舒服的！
3. **그 옷은 비싸 보이는데 살거야 ?**
   那件衣服看起來很貴，你要買喔？
4. **선호 오빠는 성격이 좋아 보여요 .**
   宣虎歐霸看起來個性很好。
5. **친구 앞머리가 너무 촌스러워 보여 .**
   朋友的瀏海看起來很俗氣。

照樣造句

1. 那個包包看起來很不錯。

   그 가방은 ______________________.

2. 你看起來很累欸！回家休息吧～

   너 너무 ____________. 그냥 집에 가서 쉬어～

3. 這件衣服看起來有點大。

   ______________________________.

查看更多單字 - 星巴克飲料特輯

〈星巴克的飲料尺寸〉

톨	中杯
그란데	大杯
벤티	特大杯

〈一般咖啡店飲料尺寸〉

스몰	小
레귤러	一般
라지	大

〈星巴克常見飲料種類〉

오늘의 커피	每日咖啡
콜드 브루	冷萃咖啡
티바나	茶瓦納
프라푸치노	星冰樂

〈常見咖啡名〉

에스프레소	義式濃縮咖啡
아메리카노	美式咖啡
카페라떼	拿鐵
바닐라 라떼	香草拿鐵
카페모카	摩卡
카푸치노	卡布奇諾
카라멜마끼아또	焦糖瑪奇朵

adragon0612

동성결혼이 합법화된 지 2 년이 지났지만
우리가 가야 할 길은 아직 멀다 .
대만에서 모든 국제 동성 커플들이
빨리 결혼할 수 있게 되면 좋겠다 ...... 더 보기

3-11 阿龍｜希望在台的同性伴侶都能趕快結婚

貼文內容

동성결혼이 합법화된 지 2 년이 지났지만
우리가 가야 할 길은 아직 멀다 .
대만에서 모든 국제 동성 커플들이
빨리 결혼할 수 있게 되면 좋겠다 .
이쪽 # 이쪽커플 # 이쪽만 # 퀴어 # 커밍아웃

翻譯年糕

同性婚姻合法化雖然已經過了 2 年，
但我們要走的路還很遠。
希望在台灣的所有跨國同性伴侶們
都趕快可以結婚。

單字瀏覽

동성결혼 (n.) 同性結婚、同性婚姻	커플 (n.) 情侶、夫妻，語源：couple
지나다 (v.) 過去、經過	길 (n.) 路
아직 (adv.) 尚、還	멀다 (adj.) 遠、遙遠
국제 (n.) 國際	합법화되다 (v.) 合法化

빨리 (adv.) 快、趕快	결혼하다 (v.) 結婚

我的 Hashtag

韓文 Hashtag	中文 Hashtag	補充說明
# 이쪽	# 圈內人	原意為「這邊」，引申為「我們這邊的人」，為韓國同志族群的隱語，中文可譯為「圈內人」。韓國對於性少數族群的接受度不如台灣高，因此比起大喇喇的直接 Hashtag 「게이 (gay)」或是「레즈비언 (lesbian)」，「이쪽」這個 Hashtag 被使用的頻率更高。
# 이쪽커플	# 圈內情侶	「이쪽 (圈內人) ＋커플 (couple 情侶)」的合成語。除此之外 이쪽솔로 (圈內單身) 也是很常被使用的 Hashtag。
# 이쪽만	# 僅限圈內	「이쪽 (圈內人) ＋만 (只、僅)」 只限圈內人的意思，也是經常被韓國的同志、性少數族群使用的 Hashtag。
# 퀴어	# 酷兒	語源：Queer
# 커밍아웃	# 出櫃	語源：coming out

♡ 主題句型 1

우리가 가야 할 길은 아직 멀다 .

我們要走的路還很遠。

V/A- 아 / 어야 하다 (되다) 應該要 V/A、必須要 V/A、得要 V/A

「- 아 / 어야 하다 (되다)」 表示某動作或狀態為一義務或必要之條件，中文可譯為「應該 / 必須要 / 得要 ...」。

陽性母音「ㅏ , ㅗ」加「- 아야 하다 (되다)」，其他母音加「- 어야 하다 (되다)」，「하다」加「- 여야 하다 (되다)」，縮寫成「- 해야 하다 (되다)」。「- 아 / 어야 하다」亦可用「- 아 / 어야 되다」 表示，唯「- 아 / 어야 하다」較常被使用在格式體體例、文章中，而「- 아 / 어야 되다」 則是常被使用在非格式體體例中。

例句

1. **내일은 일해야 돼요 .**
   明天要工作。
2. **팀장님의 컨펌을 받아야 한다 .**
   必須得到組長的確認 (confirm)。
3. **해야 할 일이 많이 있다 .**
   要做的事很多。
4. **월요일에 출장을 가야 해 .**
   星期一要去出差。
5. **결혼은 심사숙고해야 하는 일입니다 .**
   結婚是必須深思熟慮的事。

照樣造句

1. 今天要趕快回家。

   오늘은 빨리 ________________________________.

2. 明天要交分組報告。

   내일은 조별 과제를 ________________________________.

3. 想要健康減肥的話，就要運動。

   건강하게 살을 빼려면 ________________________________.

主題句型 2

대만에서 모든 국제 동성 커플들이

빨리 결혼할 수 있게 되면 좋겠다 .

希望在台灣的所有跨國同性伴侶們都趕快可以結婚。

V- 게 되다 . 變得 V(表示狀態變化)

「- 게 되다」 表示與主詞意志無關，因外在原因或機運而進行某動作，亦可表達事情自然發展後而處於的狀態，或從某狀態變化成其他狀態。中文經常譯為「變得 ...」，但未必每次都能翻成對應的中文。

例句

1. **어쩌다가 한국어를 배우게 됐어 .**
   不知怎麼地，就學了韓語。
2. **미안하게 됐다 .**
   對不起了 (無心地基於某種機遇或原因，而造成對他人感到虧欠的狀況)。
3. **점점 사랑하게 됐어요 .**
   漸漸地就愛上了。
4. **친구의 소개로 그 사람을 알게 됐습니다 .**
   因為朋友的介紹而認識了那個人。
5. **커피를 싫어했었는데 어쩌다 보니까 먹게 됐네요 .**
   原本討厭咖啡的，但莫名地就變得能喝了。

照樣造句

1. 因為個人因素，我離職了。

   개인적인 이유로 ______________ .

2. 房東要我搬家，所以我和男友住在一起了。

   집주인이 집 빼달래서 남친이랑 같이 ______________ .

3. 我要去美國留學了。(表達事情自然發展變化)

   ____ .

⊞ 查看更多單字 - 性少數族群相關單字

성적 취향	性取向
동성애자	同性戀者
이성애자	異性戀者
양성애자	雙性戀者
레즈비언	女同志
게이	男同志
바이섹슈얼 (바이)	雙性戀
트랜스젠더	跨性別者
퀴어 퍼레이드	酷兒遊行
동성애 혐오	恐同症
성차별	性別歧視

water22daily

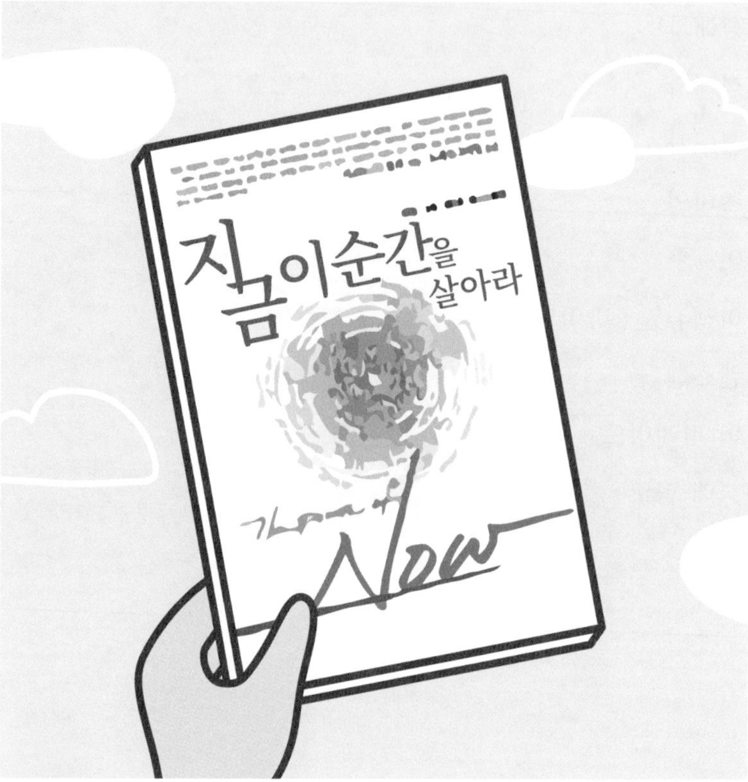

지금이순간을 살아라

Now

과거는 바꿀 수 없고 미래는 아직 오지 않았다 .
그래서 우리가 할 수 있는 것은
현재에 집중하는 것 뿐이다 .
글 # 생각 # 글귀스타그램 # 책스타그램 # 책추천

3-12 水水｜我們能做的，只有專注於現在

貼文內容

과거는 바꿀 수 없고 미래는 아직 오지 않았다 .
그래서 우리가 할 수 있는 것은
현재에 집중하는 것 뿐이다 .
글 # 생각 # 글귀스타그램 # 책스타그램 # 책추천

翻譯年糕

過去無法改變，未來尚未到來。
所以我們能做的，只有專注於現在。

單字瀏覽

과거 (n.) 過去	바꾸다 (v.) 變、改變
미래 (n.) 未來	현재 (n.) 現在
집중하다 (v.) 集中、專注	

我的 Hashtag

韓文 Hashtag	中文 Hashtag	補充說明
# 글	# 文章 # 文字	文章、文字，在 IG 上搜尋「글」的 Hashtag，可以看到許多韓文的名言佳句。
# 생각	# 想法	
# 글귀스타그램	# 佳句 stagram	글귀 (字句) ＋인스타그램 (instagram) 的合成語。
# 책스타그램	# 書 stagram	책 (書) ＋인스타그램 (instagram) 的合成語。
# 책추천	# 推薦書籍	책 (書) ＋추천 (推薦)，指推薦書籍。

♡ 主題句型 1

과거는 바꿀 수 없다 .

過去無法改變。

V- ㄹ / 을 수 있다 / 없다 可以／不可以 V、能／不能 V、會／不會 V

「- ㄹ / 을 수 있다 / 없다」表示有無做該動作之能力或可能性。有能力及可能性的為「- ㄹ / 을 수 있다」，沒有能力、無可能性時為「- ㄹ / 을 수 없다」，等於中文的「可以／不可以 ...」、「能／不能 ...」、「會／不會 ...」。

有尾音的加「- 을 수 있다 / 없다」，沒有尾音的加「- ㄹ 수 있다 / 없다」。

例句

1. 한국말을 알아들을 수 있어요 .
可以聽得懂韓語。

2. 코로나 때문에 해외 여행을 갈 수 없네요 .
因為新冠肺炎，所以不能去國外旅行。

3. 자막 없이 한국 드라마를 볼 수 있어 ?
你可以沒有字幕看韓劇嗎？

4. 김치가 있어야 파스타를 먹을 수 있습니다 .
要有泡菜才能吃義大利麵。

5. 몸이 안 좋을 때 백신을 맞을 수 없어요 .
身體不好的時候，不能打疫苗。

照樣造句

1. 這次一定可以升遷的。(승진하다 升遷)

   이 번에 반드시 ________________________________ .

2. 因為沒有駕照，所以不能開車。

   면허증이 없어서 ________________________________ .

3. 因為沒有網路，所以剛剛無法聯絡您。

   ____ .

♡ 主題句型 2

> **우리가 할 수 있는 것은 현재에 집중하는 것 뿐이다 .**
>
> 我們能做的，只有專注於現在。

A/V- ㄹ / 을 뿐이다　只／僅 A/V

N 뿐이다　只／僅 N

「- ㄹ / 을 뿐이다」表示唯一的情況。在沒有其他行為、狀態，只有該行為、狀態時使用，中文等於「僅 ...」、「只 ...」。有尾音的加「- 을 뿐이다」，沒有尾音的加「- ㄹ 뿐이다」。

例句

1. 조금 피곤할 뿐이에요 . 괜찮아요 .
   只是有點累而已，沒關係的。

2. 아무것도 하기 싫고 그냥 자고 싶을 뿐이야 .
   什麼都不想做，只想睡覺而已。

3. 단지 사랑만 원할 뿐인데 왜 이렇게 힘든거죠 ?
   只是渴望愛而已，為什麼會這麼辛苦？

4. 그 사람을 그냥 알 뿐이지 친하지는 않아 .
   只是認識那個人而已，並不熟。

5. 열이 조금 났을 뿐이에요 . 너무 걱정하지 마세요 .
   只是有點發燒而已，不用太擔心。

照樣造句

1. 要排隊 2 個小時 ??!! 只是想吃個泡芙而已，怎麼這麼難啊？

줄 두 시간이나 서야 된다고 ??!! 그냥 슈크림을 먹고 싶 ________ 인데 뭐가 이렇게 어려워요 ?

2. 我只是說出我的想法而已，不知道他會那麼生氣。

제 생각을 ________ , 그가 그렇게 화났을 줄 몰랐죠 .

3. 我只是持續地做自己喜歡的事而已。

제가 좋아하는 일을 계속 ________ .

查看更多單字 - 關於書的種類

소설	小說
에세이	隨筆
시	詩
시나리오	劇本
그림책	繪本
동화책	童話故事書
만화책	漫畫書
잡지	雜誌
전자책 / 이북 (e-book)	電子書
오디오북 (audiobook)	有聲書

potatomom __ life

남편이랑 데이트하려고 예쁘게 하고 나왔는데
나오자마자 폭우가 쏟아졌네요 .
날씨 # 비가온다 # 데일리룩 # 데이트룩 # 부부일상

3-13 蓉媽｜難得打扮漂漂亮亮出門約會，結果下大雨

貼文內容

남편이랑 데이트하려고 예쁘게 하고 나왔는데
나오자마자 폭우가 쏟아졌네요 .
날씨 # 비가온다 # 데일리룩 # 데이트룩 # 부부일상

翻譯年糕

本來打算和老公約會，打扮的漂漂亮亮出門
結果一出門就大暴雨。

單字瀏覽

남편 (n.) 丈夫、老公	예쁘다 (adj.) 漂亮
나오다 (v.) 出來	폭우 (n.) 暴雨
데이트하다 (v.) 約會，語源：date--	쏟아지다 (v.) 傾瀉、奔湧而出

我的 Hashtag

韓文 Hashtag	中文 Hashtag	補充說明
# 날씨	# 天氣	
# 비가온다	# 下雨	
# 데일리룩	# 每日穿搭	Daily Look 的韓文拼寫，以寫作時間為基準，此 Hashtag 數已高達 5,969 萬。
# 데이트룩	# 約會穿搭	Date Look 的韓文拼寫
# 부부일상	# 夫妻日常	

♡ 主題句型 1

남편이랑 데이트하려고 예쁘게 하고 나왔다 .
本來打算和老公約會，打扮的漂漂亮亮出門。

V1- 려고 V2 為了做 V1，而 V2

「- 려고」 表示話者的意圖或計劃，要先有後子句 (V2) 的動作才能達成前子句 (V1) 的意圖或目的，中文可譯為「為了 V1，而 V2」。有尾音的加「- 으려고」，沒有尾音的加「- 려고」。

例句

1. 한국에 유학 가려고 한국어를 열심히 배웠어요 .
   為了去韓國留學，努力地學了韓文。

2. 오빠들의 콘서트를 보려고 모은 돈을 탈탈 털었어요 .
   為了看歐霸們的演唱會，把存的錢都花光了。

3. 다이어트를 하려고 16:8 간헐적 단식을 시작했어 .
   為了減肥，開始了 168 間歇性斷食法。

4. 벌크업하려고 요즘 닭가슴살도 많이 먹고 헬스장도 매일 매일 다니고 있어 .
   為了增重，最近吃了很多雞胸肉，也每天都去健身房。

5. 일찍 퇴근하려고 오전에 빡세게 일했어요 .
   為了提早下班，上午拼了命的工作。

照樣造句

1. 為了給莫妮卡求婚驚喜，錢德一直在裝模作樣。
   모니카에게 서프라이즈 프로포즈 ______________ 챈들러가 잔뜩 바람을 잡고 있었다 .

2. 為了吃到有名的牛肉麵，和男友排了一小時的隊。
   유명한 우육면을 ______________ 남친이랑 한 시간 줄을 섰어요 .

3. 為了看歐霸直播，翹了線上課程。
   ____________________________ 온라인 수업을 짰어요 .

♡ 主題句型 2

나오자마자 폭우가 쏟아졌네요 .
結果一出門就大暴雨。

V- 자마자　一做 V，就 ...

「- 자마자」表示瞬接，前子句的動作結束的瞬間，後子句動作即開始，等於中文的「一 ... 就 ...」。

例句

1. 6 시 되자마자 칼퇴했어요 .
   一到 6 點就準時下班
2. 일어나자마자 물 한 잔 마시는 게 제 습관이에요 .
   一起床就喝一杯水是我的習慣。
3. 나랑 헤어지자마자 다른 여자를 바로 만났대요 .
   聽說他一和我分手，就和別的女生交往了。
4. 출근하자마자 퇴근하고 싶다 .
   一上班就想下班。
5. 남친이 월급을 받자마자 플스 5 를 샀어요 .
   男友一拿到薪水，就買了 PS5。

照樣造句

1. 一結婚就懷了孕。
   ＿＿＿＿＿＿＿＿ 임신해 버렸어 .

2. 新冠肺炎一結束就要去國外旅行！

코로나가 ______________ 해외여행을 갈 거예요 .

3. 一見面，就愛上他了。(반하다 迷上、愛上)

____ .

⊕ 查看更多單字 - 約會相關動詞

데이트 신청하다	提出約會邀請
데이트 코스를 짜다	安排約會路線
설레다	心動、興奮激動
데리러 가다	去接 (某人)
지각하다	遲到
맛있는 걸 먹다	吃美食
카페에 가다	去咖啡廳
술을 마시다	喝酒
더치페이하다	各付各的
커플룩을 입다	穿情侶裝

star_luv_shinkids •••

신의 아이들

오빠들의 화보 사진으로 안구정화중 🥰 🥰
기분이 조금 꿀꿀했었는데 제대로 힐링됐다 !!
이제 힘내서 열공해야지 !!!
아이돌 # 팬심 # 성덕 # 팬덤 # 케이팝

3-14 星星｜用歐霸們的海報照片眼球淨化中

貼文內容

오빠들의 화보 사진으로 안구정화중
기분이 조금 꿀꿀했었는데 제대로 힐링됐다 !!
이제 힘내서 열공해야지 !!!
아이돌 # 팬심 # 성덕 # 팬덤 # 케이팝

翻譯年糕

用歐霸們的海報照片眼球淨化中
本來心情有點糟的，但整個被療癒到！！
現在要加油用功了 !!!

單字瀏覽

화보 (n.) 海報（宣傳照、廣告照片）	꿀꿀하다 (adj.) （心情）煩、悶、遭、不好
사진 (n.) 照片	안구정화 (n.) 眼球淨化
기분 (n.) 心情、情緒	이제 (n.) 現在
힐링되다 (v.) 被療癒、被治癒	힘내다 (v.) 加油
제대로 (adv.) 令人滿意的	열공하다 (v.) 努力讀書，是「열심히 공부하다」的縮略語

我的 Hashtag

韓文 Hashtag	中文 Hashtag	補充說明
# 아이돌	# 偶像	idol 的韓文拼寫
# 팬심	# 粉絲的心	팬 (fan，粉絲) ＋심 (心)，指喜歡歌手、藝人、運動選手等偶像之粉絲們的熱情心意。
# 성덕	# 成功的鐵粉	성공 (成功) ＋덕후 (鐵粉、追星族) 的合成新造語，指追星成功的粉絲。
# 팬덤	# 粉絲文化	語源為「Fandom」。意指某對象的粉絲們形成的集團，再延伸至屬於該粉絲群體的次文化。
# 케이팝	#K-pop # 韓流	K-pop 的韓文拼寫方式。

♡ 主題句型 1

힘내서 열공해야지！

現在要加油用功了！

V1- 아 / 어서 V2 做了 V1，V2

「- 아 / 어서」 在此篇中表示兩關聯性高的動作之先後順序，V1、V2 間關係緊密，若無 V1 的發生，V2 也無法發生。不一定每次都能翻成對應的中文。

陽性母音「ㅏ, ㅗ」加「- 아서」，其他母音加「- 어서」，「하다」加「- 여서」縮寫成「- 해서」。

例句

1. 친구를 만나서 회포를 풀었어요 .
   和朋友見面，聊了心事。

2. 치과에 가서 사랑니를 뽑았어요 .
   去了牙科，拔了智齒。

3. 앉아서 잠을 잤어 .
   坐著睡覺。

4. 이쑤시개를 꺼내서 이를 쑤신다 .
   掏出牙籤剔牙。

5. 꼭 성공해서 부모님을 호강시켜 드리고 싶어 .
   一定要成功之後，讓父母親享福。

照樣造句

1. 買了任天堂 Switch，打算和朋友一起玩。

   닌텐도 스위치를 ＿＿＿＿＿＿ 친구들이랑 같이 하려고요 .

2. 在台北車站下車後，換乘捷運紅線即可。

   타이페이역에서 ＿＿＿＿＿＿＿ 지하철 빨간 선으로 환승하시면 됩니다 .

3. 想回家洗澡。

   집에 ＿＿＿＿＿＿＿＿＿＿＿＿＿＿＿ .

♡ 主題句型 2

힘내서 열공해야지 .

要加油用功了。

V- 아 / 어야지 （決心）要 V

「- 아 / 어야지」表示決心，話者與自己約定或下定決心要做某事時使用，本篇中使用半語的「- 아 / 어야지」，敬語為「- 아 / 어야지요」，也可縮略成「- 아 / 어야죠」，中文常譯爲「要 ......」、「得 ......」。自己在自言自語時通常使用半語。

陽性母音「ㅏ，ㅗ」加「- 아야지」，其他母音加「- 어야지」，「하다」加「- 여야지」縮寫成「- 해야지」。

例句

1. 건강이 더 나빠지기 전에 술을 끊어야지 .
   在健康變得更糟之前，要來戒酒了。
2. 너무 피곤하니까 오늘은 일찍 자야지 .
   太累了，今天要早點睡。
3. 유튜브 링크를 저장해서 퇴근하고 이 영상을 봐야지 .
   把 Youtube 連結儲存起來，下班後要來看這個影片。
4. 월급을 받았으니까 오늘은 외식해야지 !
   領到薪水了，所以今天要去外面吃飯。
5. 내일부터 다이어트해야지 !
   從明天開始要來減肥！

▽ 照樣造句

1. 要和那個朋友絕交。(손절하다 絕交)

   그 친구랑 ______________ .

2. 先休息一下，要再來工作。

   조금 쉬었다가 다시 ______________ .

3. 吃完飯後，要來吃藥。

   ______________________________ .

⊞ 查看更多單字 - 追星相關新造語

입덕	入粉
탈덕	脫飯
휴덕	休粉
덕통사고	指像交通事故一樣，因某種契機入坑的粉絲。덕후 (鐵粉) ＋교통사고 (交通事故) 的合成語。
최애	最愛，指最愛的成員
차애	次愛，指第二愛的成員
갠팬	「개인팬 (個人粉)」的縮寫，指只喜歡團體裡其中一個成員的粉絲
잡덕	追很多偶像的粉絲

star_luv_shinkids

이렇게 멋진 콘서트를 보여줘서 넘넘넘 고마워ㅠㅠ
오늘 오빠들은 정말 눈부시게 멋졌고 나는 미치도록 행복했어 !!!
사랑해 우리 오빠들 진짜 최고 !!! ㅠㅠㅠㅠㅠ
콘서트 # 레게노 # 힐링 # 귀호강 # 귀르가즘

3-15 星星｜感謝歐霸呈現帥氣的演唱會

貼文內容

이렇게 멋진 콘서트를 보여줘서 넘넘넘 고마워ㅠㅠ
오늘 오빠들은 정말 눈부시게 멋졌고 나는 미치도록 행복했어 !!!
사랑해 우리 오빠들 진짜 최고 !!! ㅠㅠㅠㅠㅠ
콘서트 # 레게노 # 힐링 # 귀호강 # 귀르가즘

翻譯年糕

呈現給我們這麼帥氣的演唱會，真的真的真的好感謝ㅠㅠ
今天歐霸們真的帥得太耀眼，然後我幸福到要瘋了 !!!
愛你們 歐霸真的最棒了 !!! ㅠㅠㅠㅠㅠ

單字瀏覽

멋지다 (adj.) 出色、優秀、帥氣	콘서트 (n.) 音樂會、演唱會，語源：concert
보여주다 (v.) 呈現、給 ... 看	눈부시다 (adj.) 耀眼、奪目

최고 (n.) 最好、第一、最棒，漢字音：最高	미치다 (v.) 瘋、發瘋 행복하다 (adj.) 幸福

我的 Hashtag

韓文 Hashtag	中文 Hashtag	補充說明
# 콘서트	# 演唱會 # 音樂會	Concert 的韓文外來語拼寫。
# 레게노	# 傳奇	指 Legend(傳奇)，2020 年韓國網路上開始廣為流傳的新造語。由來為遊戲實況直播平台 Twich 中的韓國實況主 Woowakgood 去睡覺並將直播交給妻子，妻子在直播時誤把遊戲畫面上的 LEGEND 看成 LEGENO(把 D 看成 O)，發音成 [레게노]。
# 힐링	# 療癒	為 healing 的韓文拼寫方式，指療癒 (療癒的東西)。
# 귀호강	# 耳朵享福	귀 (耳朵) ＋호강 (享福) 的合成語，指耳朵享福，聽到美好的聲音、音樂時使用的單字。
# 귀르가즘	# 耳朵懷孕	귀 (耳朵) ＋오르가즘 (orgasm, 高潮) 的合成新造語，中文相近的流行語有「耳朵懷孕」。

♡ 主題句型 1

오빠들은 정말 눈부시게 멋졌다 .

歐霸們真的帥得太耀眼。

A- 게 A 地 (副詞形)、V 得很 A

「- 게」此處接在形容詞後面，將該形容詞變成副詞，修飾動詞的連接語尾。可用來補充說明後子句中動詞的目的、程度等，不管有無尾音均加上「- 게」即可。中文大部份可譯為「A 地」、「V 得很 A」。

例如：

행복하게 살아 . 幸福地生活。

바쁘게 지냈어 . 過得很忙碌。

例句

1. 맛있게 먹겠습니다 .
   會美味地品嚐的。
2. 이 아기가 정말 예쁘게 웃네요 .
   這孩子真的笑得好美喔！
3. 왜 이렇게 못나게 울어 . 그만 울어 .
   你怎麼哭得這麼醜啊，不要哭了啦。
4. 진짜 배부르게 먹었다 .
   真的吃得好飽。
5. 추우니까 따뜻하게 입어요 .
   很冷，穿暖一點。

照樣造句

1. (覺得) 很神奇地看著我。

   나를 ______________ 쳐다봐요 .

2. 真的很辛苦地才到了這裡。

   여기까지 정말 ______________ 왔어요 .

3. 請說得大聲一點。

   ______________________________________ .

主題句型 2

나는 미치도록 행복했어 .

我幸福到要瘋了。

V- 도록… 到要 V。

「- 도록」於本篇表示程度，後子句的行為、狀態到達前子句設定的程度。中文常譯爲「.... 到 ....」，不一定每次都能翻成相對應的中文。

例句

1. **여친이 스테이크를 편하게 먹을 수 있도록 잘라 줬어요 .**
   女友幫我把牛排切到可以方便吃。

2. **그 여자를 죽도록 사랑했었어요 .**
   愛那個女生愛到要死了。

3. **혀가 닳도록 설명했는데 이해 못 하시더라고요 .**
   說明到舌頭都要爛了，他還是無法理解呢。

4. 배가 터지도록 먹고 싶어요 .
想吃到肚子撐破。

5. 미치도록 사랑했다 .
愛到瘋癲。

▽ 照樣造句

1. 妹妹哭到聲音都要沙啞了。(목이 쉬다 喉嚨沙啞)

   여동생이 ______________ 울고 있어요 .

2. 在考場中學生們都要把試卷看穿了。(눈이 뚫어지다 直直地看、看穿)

   시험장에서 학생들이 ______________ 시험지를 보고 있어요 .

3. 為了減肥，吃水煮蛋吃到好膩。(삶은 계란 水煮蛋 / 질리다 膩)

   다이어트 하려고 ____________________________ .

⊕ 查看更多單字 - 各種演唱會的縮略語

올콘	指演唱會期間每一場都參加，올 (all，全部) ＋콘서트 (演唱會) 的合成語。
슴콘	SM 演唱會
단콘	單獨演唱會，단독 (單獨) ＋콘서트 (演唱會) 的合成語。
앙콘	安可場演唱會，앙코르 (安可) ＋콘서트 (演唱會) 的合成語。
막콘	最後一場的演唱會，마지막 (最後) ＋콘서트 (演唱會) 的合成語。
집콘	在家裡 (透過 DVD 等方式看的) 演唱會，집 (家) ＋콘서트 (演唱會) 的合成語。

PART

4

創造自己風格的
韓文 IG 生活紀錄

網美芊芊的個人 IG 主頁

prettychian2

2106	3.3만	2345
게시물	팔로워	팔로잉

芊芊 ♡ 천의

Taiwan Taipei
Blogger | KOL | Youtuber
블로거 | 인플루언서 | 크리에이터 ♡
芊芊分享漂釀的秘密基地
#韓妝 #코덕 #뷰티

prettychian2

역시 나는 머리빨인가봐ㅋㅋㅋㅋ
이 번엔 계속 하고 싶었던 솜브레 염색에 뿌리펌까지 했는데
머리도 많이 안 상하고 죽었던 정수리 볼륨이 또 살아났지요ㅎㅎㅎ
어찌 갈때마다 내 맘에 쏙 들게 해주시는지 🥰...... 더 보기

4-1-1 芊芊｜我果然是靠髮型吃飯的

貼文內容

역시 나는 머리빨인가봐ㅋㅋㅋㅋ
이 번엔 계속 하고 싶었던 솜브레 염색에 뿌리펌까지 했는데
머리도 많이 안 상하고 죽었던 정수리 볼륨이 또 살아났지요ㅎㅎㅎ
어찌 갈때마다 내 맘에 쏙 들게 해주시는지 🥰
금손 @daebakmori 원장님 너무 감사합니다 🙇‍♀️ 🙇‍♀️

헤어스타일 # 여자헤어스타일 # 레이어드컷
미용실추천 # 염색

翻譯年糕

果然我是靠頭髮吃飯的 顆顆顆顆
這次染了一直想染的自然漸層 (sombré)
染髮加上髮根燙，
不僅髮質沒有變差，而且扁塌的頭頂又重新找回了澎度。呵呵呵
怎麼可以每次去的時候都讓我這麼滿意 🥰
金手 @daebakmori 院長真是太感謝你了 🙇‍♀️ 🙇‍♀️

單字瀏覽

역시 (adv.) 果然	**계속 (adv.)** 繼續、持續
머리빨 (n.) 指因為頭髮得到的效果。	**솜브레 (n.)** 自然漸層染（染髮技術的一種），語源：Sombré
염색 (n.) 染髮，動詞形為염색하다	**뿌리펌 (n.)** 髮根燙
상하다 (v.) 變質、壞（掉）、受傷、傷害	**볼륨 (n.)** 語源：volume ，音量、分量，此處延伸為頭髮的「澎度、份量感」
정수리 (n.) 頭頂	**죽다 (v.)** 死，此處引申為「扁塌」
살아나다 (v.) 復活、活過來	**어찌 (adv.)** 怎麼、豈（≒어떻게）
맘 (n.) 心、心情，是「마음」的縮略語	**들다 (v.)** 入、進
마음에 들다 滿意、合心意、中意 的慣用型態	**쏙 (adv.)** 深深地、一下子地

금손 (n.) 直譯為「金手」，意指「好手藝」	원장 (n.) 院長，원장님的「님」表示尊敬，比 씨 在更高一層的尊敬。

我的 Hashtag

韓文 Hashtag	中文 Hashtag	補充說明
# 헤어스타일	# 髮型	語源：hair style
# 여자헤어스타일	# 女生髮型	搜尋本 hashtag 可以看到韓國時下流行或常選擇的女性髮型，反之若是想知道男性髮型的話，可搜尋남자헤어스타일。
# 미용실추천	# 推薦美容院	미용실 (美容院)+ 추천 (推薦) 的合成單字，若想尋找適合自己的韓國髮廊，不妨試試看使用 hashtag 搜尋功能，也可以在本 hashtag 前面加上地名，例如：홍대미용실추천 (弘大髮廊推薦)，找尋在自己附近的美容院
# 레이어드컷	# 層次剪	語源：layered cut 。在韓國最常被使用的一種剪髮技術，不僅是設計師，客人也會直接向設計師要求剪層次剪。
# 염색	# 染髮	除了本 hashtag 之外，也可以直接用各種染髮類型的韓文當成 hashtag 搜尋，例如：톤다운염색 (染深)、하이라이트염색 (挑染)、뿌리염색 (髮根補染)

♡ 主題句型 1

역시 나는 **머리빨**인가봐 .

果然我是靠照片 (效果) 的。

역시 N 는 / 은 V- 나 보다 (A- ㄴ / 은가 보다 , N- 인가 보다)
果然 N 就 (是)V,A,N

「V- 나 보다」、「A- ㄴ / 은가 보다」、「N- 인가 보다」 表示對於前一事實進行有根據的猜測、懷疑。中文常譯爲「好像 ...」。

變化方式為請參考以下表格：

	動詞 V	形容詞 A	名詞
現在式	- 나 보다	無尾音 - ㄴ가 보다 有尾音 - 은가 보다	有無尾音 - 인가 보다
過去式	V/A- 았 / 었나 보다		有尾音 - 이었나 보다 沒有尾音 - 였나 보다

即使本句型中加入了「역시 (adv.) 果真、果然」在句首，此時「V- 나 보다」、「A- ㄴ / 은가 보다」 仍是無法百分之百肯定的猜測，但加入了話者的對該猜測的信心。相較於單用「V- 나 보다」、「A- ㄴ / 은가 보다」，是為更肯定的猜測語氣。中文為「果然 ...(好像) 就是 ....」。

例句

1. 역시 전문가는 다른가 봐 .
   果然專家就是不一樣。

2. 역시 모델은 옷 태가 좋은가 봐 .
   果然模特兒就是衣架子。

3. 역시 이불 밖은 위험한가 봐 .
   果然被子外面很危險。

4. 역시 술이 문제인가 보다 .
   果然酒是問題。

5. 역시 저는 안 되나 봐요 .
   果然我真的不行。

照樣造句

1. 果然我比較喜歡一個人 (覺得一個人很好)

   ______________ 나는 혼자가 더 ______________ .

2. 果然這個睡眠面膜真的很棒。

   역시 이 수면팩은 ______________ .

3. 果然藝人就是不一樣

   ____ .

♡ 主題句型 2

> 갈 때마다 **내 맘에 쏙 들게 해주셨어요 .**
>
> 每次去的時候，都我很滿意

A/V- ㄹ / 을 때마다 每當 A/V 的時候

「- 마다」表示可表示在某段期間內反覆出現的動作或狀態，或是表示全部，常用在時間或空間名詞之後，等於中文的「每 ...」。

例句：

3 개월**마다** 미용실에 가서 염색해요 . 每 3 個月去美容院染頭髮。(一段時間的反覆動作)

주말**마다** 등산을 가요 . 每週末都去爬山。(全部)

而這裡「- 마다」與「- ㄹ / 을 때」(請參照 part2-13) 結合，使用表示「每當 (次)... 的時候」。

例句

1. 이 카페에 올 때마다 꼭 이 케익을 시켜 먹어요 .
   每次來這個咖啡廳，一定會點這個蛋糕來吃。
2. 제가 속상하고 힘들 때마다 남친이 항상 따뜻하게 위로해 줘요 .
   每當我傷心難過的時候，男友總是溫暖地安慰我。
3. 아이가 아플 때마다 가슴이 찢어지는 것 같아요 .
   每當小孩生病的時候，心都像被撕碎了一樣。
4. 미용실에 갈 때마다 기분이 좋다 .
   每次去美容院的時候，心情就很好。
5. 슬플 때마다 듣는 노래가 있어요 .
   我有每當難過的時候聽的歌。

照樣造句

1. 每當看到玄彬的時候，都覺得被療癒了

현빈을 ________________ 힐링 된 기분이 들어요 .

2. 每當運動的時候，都覺得快要累死了

________________ 힘들어 죽을 것 같아요 .

3. 每當我們吵架的時候，男友總是先道歉。

____ .

⊕ 查看更多單字 - 道地韓國美髮單字

〈美容院相關動詞〉

샴푸하다	洗髮 (洗頭)
커트하다 (머리를 자르다)	剪髮
염색하다	染髮
뿌리염색을 하다	補染
탈색하다	漂色
파마하다 (펌을 하다)	燙髮
헤어 트리트먼트를 하다	護髮
머리숱을 치다	打薄
드라이하다	吹整
웨이브를 넣다	放捲度

〈基本燙髮種類〉

뿌리펌	髮根燙
일반펌	一般燙（冷燙）
셋팅펌	熱塑燙
디지털펌	溫塑燙
매직펌	離子燙

〈女生常見燙髮需求〉

S 컬 펌	S 字捲
C 컬 펌	C 字捲
히피펌	嬉皮捲
물결펌	水波紋捲

〈男生常見燙髮需求〉

다운펌 (down perm)	壓貼燙
가르마펌	分線燙。例如：64 分、73 分，露出較大片的額頭。
애즈펌 (AS perm)	AS 燙髮。是比「가르마펌（分線燙）」感覺更為自然的燙髮，隱約地露出一點點額頭。
쉐도우펌 (Shadow perm)	陰影燙。將頭髮燙成自然捲度的燙髮技術。
스핀스왈로우펌 (Spin Swallow)	自旋燕尾燙。特徵是捲度較小，燙完髮尾會呈現尖尖像是燕尾的形狀。

〈瀏海〉

앞머리	瀏海
일자뱅	平瀏海
사이드뱅	斜瀏海

prettychian2

오늘은 관리 받으러 가는 날이에요 😎
다른 사람을 위해 꾸밀 필요는 없지만
예뻐지면 기분 전환도 되고 좋잖아요 ? ㅎㅎ
그래서 레이저랑 V 라인 리프팅을 예약했어욤 …… 더 보기

4-1-2 芊芊｜今天要去做雷射和小臉針

貼文內容

오늘은 관리 받으러 가는 날이에요 😎
다른 사람을 위해 꾸밀 필요는 없지만
예뻐지면 기분 전환도 되고 좋잖아요 ? ㅎㅎ
그래서 레이저랑 V 라인 리프팅을 예약했어욤
과연 30 분 만에 내 둥글둥글한 얼굴이 V 라인이 될 수 있는지
돌아와서 다시 여러분들께 알려 드릴게요 !!

얼스타그램 # 피부과추천 # 피부관리 # 관리하는여자
쁘띠성형

翻譯年糕

今天是去保養的日子 😎
雖然不需要為了別人而打扮
如果變漂亮心情也會變好，不是很好嗎？
所以我預約了做雷射和小臉針
是不是真的 30 分內
我的圓臉就可以變成 V 臉
回來再告訴大家喔 !!!

單字瀏覽

관리를 받다 (v.) 做保養 (皮膚管理、身材管理 ...)	**꾸미다 (v.)** 打扮、裝扮
예뻐지다 (v.) 變漂亮	**기분 (n.)** 心情、情緒
전환되다 (v.) 轉換、變換、改變	**레이저 (n.)** 雷射
V 라인 (n.) V 臉線條	**리프팅 (n.)** 拉提，語源：lifting。
예약하다 (v.) 預約、預定	**동글동글하다 (adj.)** 圓圓、圓滾滾
돌아오다 (v.) 回、回來	**알리다 (v.)** 告知、通知

我的 Hashtag

韓文 Hashtag	中文 Hashtag	補充說明
# 얼스타그램	# 臉 stagram	얼굴 (臉) ＋인스타그램 (instagram) 的合成語。韓國人上傳自拍照時，經常會使用的 hashtag，以寫作時間為基準，此 hasgtag 數已高達 4,735 萬。

# 피부과추천	# 推薦皮膚科	피부과（皮膚科）＋추천（推薦）的合成單字，若想尋找適合自己的韓國皮膚科，不妨試試看使用 Hashtag 搜尋功能，也可以在本 Hashtag 前面加上地名，例如：강남피부과추천（江南皮膚科推薦），找尋在自己附近的皮膚科。
# 피부관리	# 皮膚管理	這裡的「管理」約等於中文的「保養」。
# 쁘띠성형	# 微整型	쁘띠 (petit、小的）＋성형（整形）的合成單字。
# 관리하는여자	# 管理的女子	管理的女子，約等於中文的「保養的女子」。

♡ 主題句型 1

> **다른** 사람을 위해 **꾸밀 필요가 없지만…**
>
> 雖然不需要為了別人而打扮…

V- 기 위해서… 為了 V …

N- 을 / 를 위해서… 為了 N…

「V- 기 위해서」、「N- 을 / 를 위해서」 表示目的，話者將前子句的行為或事物，當成進行後子句行為的目的。等於中文的「為了 ....」。

例句

1. 미래의 나를 위해서 열심히 살고 있습니다 .
   為了未來的自己，正用心的生活著。

2. 환경을 위해서 우리 다 같이 노력해야 돼 .
   為了環境，我們必須一起努力。

3. 사랑하는 사람을 위해서 이 정도는 아무것도 아니에요 .
   為了愛的人，這個程度根本不算什麼。

4. 사랑을 받기 위해서 별의별 짓을 다 해봤다 .
   為了被愛，什麼事都做了。

5. 한국으로 유학 가기 위해서 열심히 알바했습니다 .
   為了去韓國留學，認真的打工。

照樣造句

1. 為了減肥，開始了生酮飲食。

   ________________ 키토식단을 시작했어요 .

2. 為了成功，沒日沒夜的工作。

   ________________ 밤낮이 없이 일했어 .

3. 為了學韓文，交了韓國男友。

   ____ .

♡ 主題句型 2

내 둥글둥글한 얼굴이 V 라인이 될 수 있는지
돌아와서 다시 여러분들께 알려드릴게요 !!
我的圓臉是否可以變成 V 臉，回來再告訴大家喔！

V- 는지 , A - ㄴ / 은지 , N- 인지 (모르다 / 알다 / 알리다…)
是否 V/A/N (不知道／知道／告訴…)

「- 는지」表示對行為或狀態的不清楚、懷疑，後面加上「모르다 (不知道) ／알다 (知道) ／알리다 (告訴)」來完整句意，中文譯為「是否 ... (不知道／知道／告訴 ....)」。

例句

1. 아직도 당신을 사랑하는지 모르겠어요 .
   我還不知道我是否愛你。
2. 거울아 거울아 , 이 세상에서 누가 제일 예쁜지 아니 ?
   魔鏡啊 魔鏡，你知道世界上誰最美麗嗎？
3. 천서진이 좋은 사람인지 나쁜 사람인지 감이 안 오네요 .
   感覺不到千書真是好人還是壞人。
4. 예지 씨가 남친이 있는지를 알려줄 수 있어 ?
   可以告訴我禮知小姐有沒有男友嗎？
5. 왜 이렇게 피곤한지 모르겠네요 .
   不知道為何會這麼累欸！

照樣造句

1. 不知道歐霸吃不吃香菜。

   오빠가 고수를 ______________ 안 먹는지 모르겠어 .

2. 你不知道那個包包有多貴齁？

   저 가방 얼마나 ______________ 모르지 ?

3. 告訴我你有多愛我。

   ______________________________________ .

查看更多單字 - 常見的微整形種類

보톡스	肉毒桿菌
물광 주사	水光針
미백 주사	美白針
필러 주사	填充物注射
히알루론산 필러	玻尿酸
래디어스 필러	微晶瓷
스컬트라 시술	舒顏萃 (聚左旋乳酸)
레이저	雷射
레이저 토닝	淨膚雷射
시너지 레이저	染料雷射
IPL 레이저	脈衝光
피코토닝 레이저	皮秒雷射

울쎄라 리프팅	極線音波拉提
실 리프팅	埋線拉提
제모	除毛
치아교정	牙齒矯正

prettychian2

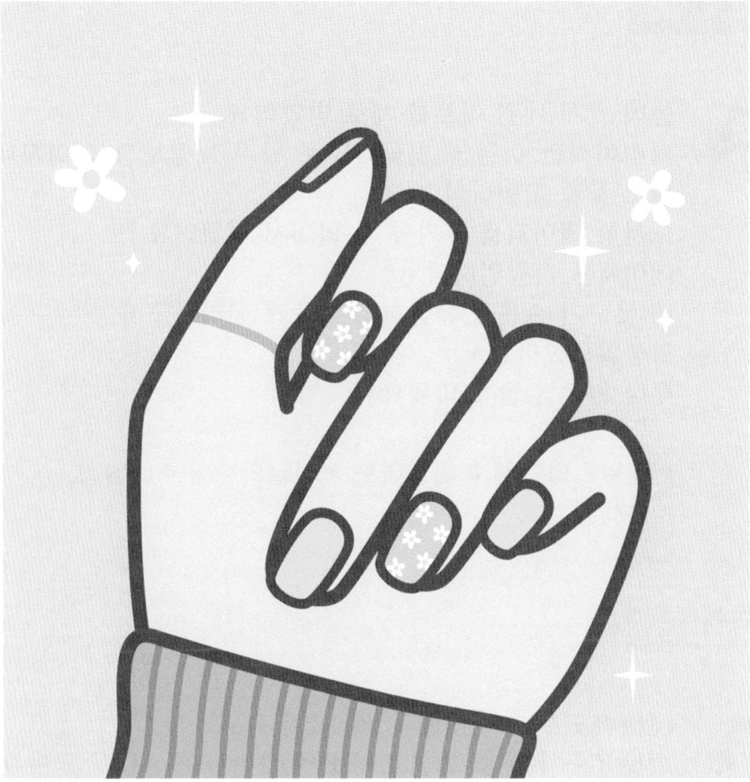

봄에 맞게 네일 아트를 새로 받았어요 .
여리여리한 이달의 벚꽃네일로 할지 노랑노랑 데이지네일로 할지 고민하다가
도저히 데이지를 포기할 수 없어서 택했어요 !! …… 더 보기

4-1-3 芊芊｜我換了指甲彩繪，迎接春天到來

貼文內容

봄에 맞게 네일 아트를 새로 받았어요 .
여리여리한 이달의 벚꽃네일로 할지 노랑노랑 데이지네일로 할지 고민하다가
도저히 데이지를 포기할 수 없어서 택했어요 !!
데이지는 사랑입니당 🥰
내 못난이 손톱을 깔끔하고 예쁘게 정리하느라
고생많으셨어요ㅜㅜ
루나 원장님 늘 고마워요 🩶 🩶

네일스타그램 # 네일아트 # 이달의네일 # 네일샵
봄네일

翻譯年糕

迎接春天到來，我做了新的指甲彩繪。
煩惱了一下是要做溫柔粉嫩的櫻花指彩，還是要做嫩黃嫩黃的小雛菊指彩，
但怎麼也無法放棄小雛菊所以就選了它 !!
我愛小雛菊呀 🥰
為了把我醜醜的手指頭整理得乾淨又漂亮，真是辛苦苦妳了。
露娜院長一直都很感謝妳喔 🩶 🩶

單字瀏覽

봄 (n.) 春天	네일아트 (n.) 指甲彩繪
맞다 (v.) 迎接、合適、配得上	여리여리하다 (adj.) 柔弱不堅硬的樣子
받다 (v.) 接受、接收	이달 (n.) 這個月
벚꽃 (n.) 櫻花	노랑 (n.) 黃色
데이지 (n.) 雛菊	고민하다 (v.) 苦惱、煩惱
도저히 (adv.) 怎麼也、完全、根本 (後接否定用詞 아니다 / 없다 ..)	못난이 (n.) 沒出息的、笨蛋、不爭氣的，這裡指醜的
택하다 (v.) 選擇	포기하다 (v.) 放棄、拋棄
손톱 (n.) 手指	깔끔하다 (adj.) 乾淨、俐落
예쁘다 (adj.) 美麗、漂亮	정리하다 (v.) 整理、整頓
고생하다 (v.) 受苦、辛苦	

我的 Hashtag

韓文 Hashtag	中文 Hashtag	補充說明
# 네일스타그램	# 美甲 stagram	네일（指甲）＋인스타그램 (instagram) 的合成語。
# 네일아트	# 指甲彩繪 # 美甲	語源：nail art。以寫作時間為基準，此 hasgtag 數已高達 1,221 萬。
# 이달의네일	# 本月的美甲	大部分的韓國美甲店都會推出本月的指彩彩繪款式，然後標注本 hashtag。用此 hashtag 可以簡單地瀏覽本月流行的指甲款式。
# 네일샵	# 美甲店	若需要尋找在自己附近的美甲店，也可以在前面加上地名，例如：「대구네일샵（大邱美甲店）」。
# 봄네일	# 春天美甲	可以使用此 hashtag 尋找適合春天的美甲，也可以將「봄（春天）」代換成「여름（夏天）、가을（秋天）、겨울（冬天）」。

♡ 主題句型 1

여리여리한 이달의 벚꽃네일로 할지 **노랑노랑 데이지네일**로 할지 고민했어요 .

煩惱了一下是要做溫柔粉嫩的櫻花指彩，還是要做嫩黃嫩黃的小雛菊指彩。

N1(으) 로 할지 N2(으) 로 할지 고민하다 (고민하고 / 고민되다 / 고민이다) 煩惱要用 N1 還是 N2。

N1 을 / 를 V- ㄹ / 을지 N2 을 / 를 V- ㄹ / 을지 고민하다 (고민하고 / 고민되다 / 고민이다) 煩惱要 V N1 還是 N2。

「- ㄹ / 을지」表示對該行為、狀態的不確定、不知道，後面加上「고민되다 / 고민이다 (煩惱、苦惱)」來完整句意，中文譯為「煩惱要 ... 還是 ...」。

例句

1. 꽃으로 선물할지 초콜릿으로 선물할지 고민이네요 .
   要用花當禮物還是巧克力當禮物，真是煩惱啊。

2. 오늘 점심 메뉴는 한식으로 할지 일식으로 할지 너무 고민이 됩니다 .
   煩惱今天中午的菜單要選韓國料理還是日本料理。

3. 커플링은 심플한 디자인으로 할지 화려한 디자인으로 할지 고민 많이 했는데 결국에는 심플한 걸로 했습니다 .
   本來很煩惱情侶戒要選簡單的設計還是華麗的設計，最後選了簡單的。

4. 아이폰을 살지 갤럭시를 살지 고민돼요 .
   煩惱要買 iphone 還是要買 galaxy。

5. 파스타를 먹을지 스시를 먹을지 고민입니다 .
煩惱要吃義大利麵還是吃壽司。

照樣造句

1. 煩惱要用這個顏色還是那個顏色當今天的唇色。

오늘의 립컬러는 이 컬러 ______ 할 지 저 컬러 ______ 할 지 고민이네요 .

2. 煩惱要穿球鞋還是穿靴子。

운동화를 ____________ 부츠를 ____________ 고민하고 있어요 .

3. 很煩惱蛋糕要用小的還大的。

______________________________________ .

主題句型 2

손톱을 예쁘게 정리하느라 **고생많으셨어요 .**

為了幫我的指甲打理美美地，真是辛苦了。

V- 느라 (고) 因為做 V 而導致 (通常是負面的結果)

「- 느라 (고)」表示前子句為後子句的原因或理由，後子句內容通常為負面否定的意義，可省略「- 고」寫成「- 느라」。中文可譯為「因為 ...，所以 ...」或是「為了 ...，....」。

例句

1. **일하느라 막차를 놓쳤어요 .**
   因為工作而錯過了末班車。

2. **연애하느라 친구에 소홀했다 .**
   因為戀愛而疏忽了朋友。

3. **늦잠 자느라 늦었어요 .**
   因為睡過頭所以遲到了。

4. **결혼 준비하느라 정신이 없었어요 .**
   因為準備結婚而暈頭轉向。

5. **남친이 롤 하느라 내 문자를 씹었어요 .**
   男友因為打 LOL 而已讀了我的訊息。

照樣造句

1. 因為太認真念書而到現在還是母胎單身。

   너무 열심히 ________________ 아직까지도 모태솔로입니다 .

2. 從很遠的地方到這裡，真是辛苦了。

   멀리서 여기까지 ________________ 수고하셨어요 .

3. 因為看韓劇而整晚沒睡

   ____ .

⊞ 查看更多單字 - 指甲彩繪相關名詞

핸드 케어	手部保養
손톱	手指
발톱	腳指
손톱깎이	指甲剪
매니큐어	指甲油
페디큐어	足部美甲
네일파일	指甲磨棒
큐티클 오일	指緣油
네일 리무버	去光水
네일패치 (스티커)	指甲貼
페디패치	腳指甲貼
젤네일	凝膠指甲 (俗稱：光療)
젤램프	美甲光療機
글리터	亮片
네일샵	美甲店
네일 아티스트	美甲師
핸드 페인팅 네일	手繪指甲 (彩繪)
그라데이션 네일	漸層指甲 (彩繪)
마블 네일	暈染指甲 (彩繪)
프렌치 네일	法式指甲 (彩繪)
무광 네일	霧面指甲 (彩繪)

文青水水的個人 IG 主頁

water22daily

328	567	368
게시물	팔로워	팔로잉

韓水水

一個平常的上班族女子

#攝影 #旅行 #日常 #캠린이 #직딩

비가 오는 날엔

water22daily

요즘 비건카페가 많이 생겨서 너무 좋아요.
고기는 끊을 수 있어도 디저트는 끊을 수 없단 말이에요.
맛도 있고 동물도 해치지 않고 일석이조가 아닐까요?
이제부터 친환경적인 비건카페를 더 많이 찾아서 가야겠 ...... 더 보기

4-2-1 水水｜開始多光顧環境友善的 Vegan 咖啡廳

貼文內容

요즘 비건카페가 많이 생겨서 너무 좋아요 .
고기는 끊을 수 있어도 디저트는 끊을 수 없단 말이에요 .
맛도 있고 동물도 해치지 않고 일석이조가 아닐까요 ?
이제부터 친환경적인 비건카페를 더 많이 찾아서 가야겠어요 . 🥰
비건 # 비건카페 # 비건디저트 # 비거니즘 # 비건맛집
채식주의

翻譯年糕

最近開了很多 Vegan 咖啡廳覺得很棒
我可以戒掉肉但無法戒掉甜點啊！！
既好吃又不危害動物，不是一石二鳥嗎？
從現在開始要多找找環境友善的 Vegan 咖啡廳光顧了 🥰

單字瀏覽

비건 (n.) 純素（維根），語源：Vegan	생기다 (v.) 出現、產生
고기 (n.) 肉、肉類	끊다 (v.) 切斷、停止、結束
디저트 (n.) 甜點	동물 (n.) 動物

해치다 (v.)	일석이조 (n.)
危害、傷害、殺害	一石二鳥
친환경적 (n.) 環保的	

我的 Hashtag

韓文 Hashtag	中文 Hashtag	補充說明
# 비건	#vegan	語源：vegan。根據韓國素食聯合的統計，韓國約有 2~3% (100~150 萬) 的人口為素食人口，而其中為純素 (vegan) 的人口約有 50 萬。
# 비건카페	#vegan 咖啡廳	純素咖啡廳。雖然韓國的素食文化並不像台灣方便、發達，但近年來受歐美純素主義的風潮影響，韓國有越來越多的純素咖啡廳誕生，成為了一種生活風格、時尚的代表。
# 비건디저트	#vegan 甜點	純素甜點，語源：vegan dessert
# 비거니즘	# 純素主義	
# 비건맛집	#vegan 好吃名店	純素美食餐廳。「비건 (純素) ＋맛집 (美食餐廳)」的合成語。
# 채식주의	# 素食主義	漢字音：菜食主義。

♡ 主題句型 1

고기를 끊을 수 있어도 **디저트는 끊**을 수 없다 .

可以戒掉肉但無法戒掉甜點。

V1- ㄹ / 을 수 있어도 V2- ㄹ / 을 수 없다
(即使) 可以 V1 N1 但也無法 V N2

「- ㄹ / 을 수 있다 / 없다」 表示有無做該動作之能力或可能性，與表示承認前一事實，但不被其事實限制的「- 아 / 어도」之結合句型。中文譯為「即使可以 ... 也 ....」 。

(「- ㄹ / 을 수 있다 / 없다」文法請參照 Part 3-12。)

「- 아 / 어도」單獨使用時，表示承認前子句的事實或是假設有前一事項，但後子句不被前子句之事實或假設所限制。中譯為「就算…也…」 。

範例：

아기를 낳**아도** 계속 회사를 다닐 거예요 . 就算生了小孩也要繼續上班。

울**어도** 괜찮아 . 就算哭了也沒關係。

例句

1. 밥을 안 먹을 수 있어도 커피는 안 마실 수 없어요 .
   可以不吃飯，但不能不喝咖啡。

2. 내 욕을 할 수 있어도 우리 가족 욕은 할 수 없다 .
   可以罵我，但不能罵我的家人。

3. 티비를 안 볼 수 있어도 유튜브는 안 볼 수 없지 .
   可以不看電視，但不能不看 Youtube。

4. 담배를 안 필 수 있어도 술은 안 마실 수 없어요 .
   可以不抽煙，但不能不喝酒。(未成年請勿飲酒，以上例句只是例句不代表個人立場)

5. 모두를 속일 수 있어도 나 자신은 속일 수 없다 .
   可以騙得了大家，但無法騙自己。

照樣造句

1. 和這個男朋友可以交往，但無法結婚。

   이 남친이랑 ______________________________.

2. 用錢可以買到關係，但買不到愛。

   돈으로 ______________________________.

3. 這次可以幫你，但不可能幫你一輩子啊。

   ______________________________________.

主題句型 2

맛도 있고 동물도 해치지 않고 일석이조가 아닐까요 ?
既好吃，又不傷害動物，不是一石二鳥嗎？

N1 도 A/V1 고 N2 도 A/V2 既 ... 又 ....

本句型為表示添加的「- 도」(請參考 Part2-01) 和表示並列的「- 고」(請參考 Part2-07) 的應用，中文可譯為「既 ... 又 ...」。為韓國人在使用「- 도」和「- 고」時，常常會應用到的句型。

例句

1. **영화도 보고 산책도 하고 좋은 시간을 보냈어요 .**
   既看了電影也散了不，度過了美好的時光。

2. **사랑도 받아보고 상처도 받아봐야 인생이라 할 수 있지 않을까요 ?**
   既感受過愛，也承受過傷痛，才能稱得上是人生不是嗎？

3. 야시장에 가서 취두부도 먹고 버블티도 마시고 이거저거 다 먹고 싶네요 .
   想去夜市吃臭豆腐、喝珍珠奶茶，什麼都想吃呢！

4. 사진도 찍고 글도 쓰고 편안한 주말을 보냈어요 .
   既攝影也寫作，度過了舒服的週末。

5. 여행도 가고 맛난 것도 먹고 자유롭게 살았다 .
   去旅行、吃好吃的東西，自由自在的生活了。

照樣造句

1. 去韓國工作然後也見男友。

   한국에 가서 ________________ 왔어요 .

2. 在家既追劇看書，一點都不無聊。

   집에서 ________________________ 하나도 안 심심해요 .

3. 最近我跑步，然後也做瑜伽，經常運動。

   ____ .

⊞ 查看更多單字 - 各種素別名稱

채식주의자 / 베지테리언	素食主義者
프루테리언	水果素
비건	純素
락토	奶素
락토 오보	蛋奶素
오보	蛋素

페스코	海鮮素
폴로테리언	禽素
플렉시테리언	彈性素
세미 베지테리언	半素食者（也等於彈性素，包含鍋邊素、方便素）

water22daily •••

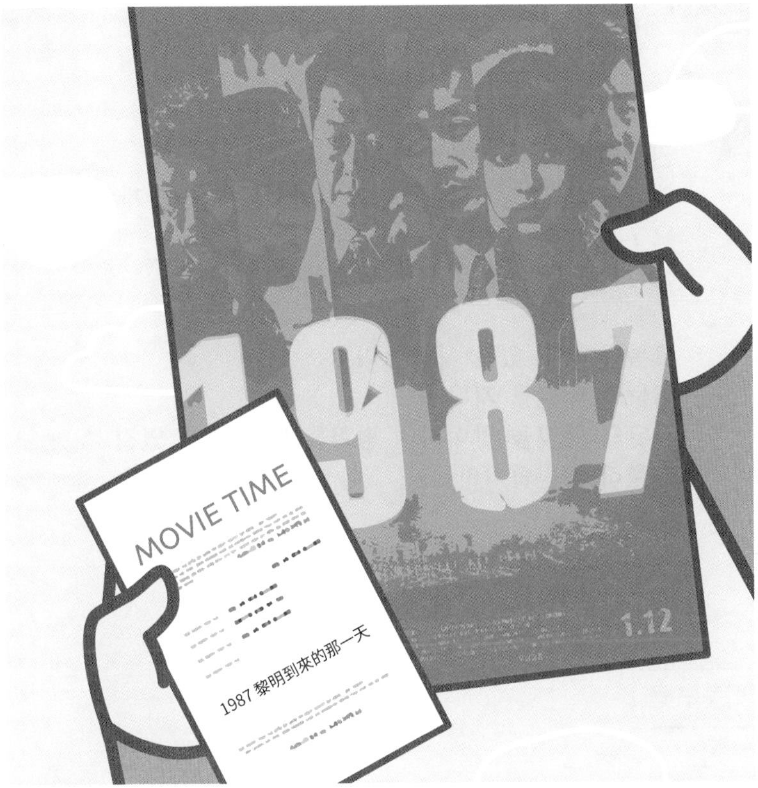

1987

1.12

MOVIE TIME

1987 黎明到來的那一天

아직도 비극은 계속 일어나고 있습니다 .
권력이란 도대체 뭘까요 ?
왜 인간의 가장 근본적인 가치마저도 저버리게 하는 걸까요 ?
생각하면 할수록 가슴이 막막해집니다 ...... 더 보기

4-2-2 水水｜悲劇仍持續地發生，究竟權力是什麼呢？

貼文內容

아직도 비극은 계속 일어나고 있습니다.
권력이란 도대체 뭘까요?
왜 인간의 가장 근본적인 가치마저도 저버리게 하는 걸까요?
생각하면 할수록 가슴이 막막해집니다

고통을 겪고 있는 사람들이
어둠의 터널을 지나
자유의 햇빛을 맞이하여 평화를 되찾을 수 있길
간절히 기원합니다.

영화 # 민주화운동 # 이행기정의 # 이데올로기
국제사회

翻譯年糕

悲劇仍持續地發生。
到底權力是什麼呢？
為什麼可以讓人忘卻人類最基本的價值呢？
越想越覺得茫然。

只能懇切地祈求
在各地正經歷痛苦的人們
總有一天能通過黑暗，
迎向自由之光，並且變得平安。

單字瀏覽

비극 (n.) 悲劇、慘劇	일어나다 (v.) 發生、出現、爆發；起身、起床
권력 (n.) 權力	
인간 (n.) 人、人類	도대체 (adv.) 到底、究竟
기원하다 (v.) 祈願、祝願	가장 (adv.) 最、非常
근본적 (n./ 冠形詞) 根本的、本質性的	가치 (n.) 價值、意義
저버리다 (v.) 忘記、忘本	가슴 (n.) 胸、胸口；心、內心
막막하다 (adj.) 茫茫、茫然	고통 (n.) 苦痛、痛苦
겪다 (v.) 經歷、經過	어둠 (n.) 黑、黑暗
터널 (n.) 隧道	지나다 (v.) 過、過去
자유 (n.) 自由	햇빛 (n.) 陽光
맞이하다 (v.) 迎、迎接	평화 (n.) 和平
되찾다 (v.) 找回	간절하다 (adj.) 懇切、熱切

我的 Hashtag

韓文 Hashtag	中文 Hashtag	補充說明
# 영화	# 電影	以寫作時間為基準，此 hasgtag 數已達 660 萬。
# 민주화운동	# 民主化運動	
# 이행기정의	# 轉型正義	漢字音：「移行期正義」
# 이데올로기	# 意識形態	語源：「ideologie」
# 국제사회	# 國際社會	

♡ 主題句型 1

인간의 가장 근본적인 가치마저도 저버리게 했다 .

使人忘卻人類最基本的價值。

V/A- 게 하다 使做 V；使變成 A 的狀態

「- 게 하다」接於動詞後面，表示句子的主詞以言語的方式使某人做某行為，為使動的一種；若「- 게 하다」接於形容詞後面，則為使某人處在某狀態。等於中文「使 (某人)V/A」。

例句

1. 동생이 엄마를 화나게 했어 .
   弟弟讓媽媽很生氣。

2. 사랑은 나를 아프게 한다 .
   愛情讓我很痛 (苦)。

3. 왜 사람을 피곤하게 하냐？
為什麼（你）要讓人那麼累？

4. 나를 행복하게 한 사람은 오빠야！
讓我幸福的人是歐霸。

5. 한 시간이나 기다리게 해서 미안해 .
讓你等了一個小時，對不起。

照樣造句

1. 工作使我厭煩。（지치다）

   일이 나를 ________________ .

2. 怎樣才能使這個作品更漂亮呢？（이쁘다）

   어떻게 해야 이 작품 ________________________________ ？

3. 防彈少年團讓我們很幸福。

   ____ .

主題句型 2

평화를 되찾을 수 있길 **간절히** 기원합니다 .
懇切地希望（祈願）能找回和平。

A/V- 기를 바라다 / 빌다 / 희망하다 / 기원하다
希望／祈求／希望／祈願 A/V

此句型為「- 기」 加在動詞或形容詞後，將動詞或形容詞轉變為名詞後，加上受格助詞「를」後，再加上「바라다（希望、期望）」、「빌다（祈禱、祈求）」、「희망하다（希望）」、「기원하다（祈願）」 等單字，以表示希望某動作或狀態的達成，常用於正式場合。

例句

1. 여러분들 모두가 건강하고 행복하기를 바랍니다 .
   希望全部的人都健康、幸福。

2. 우리의 사랑이 영원하길 바래 .
   希望我們的愛能永遠。

3. 좋은 일만 많이 있으시기를 빕니다 .
   祈求您事事順利。

4. 이번 해에 승진할 수 있기를 희망합니다 .
   希望今年能升遷。

5. 늘 평안하고 행복하시길 기원합니다 .
   願您總是平安幸福。

照樣造句

1. 希望你不要再那麼傷心了。

   더 이상 그렇게 슬프지 않 ______________ .

2. 希望我愛的人都能健康。

   내가 사랑하는 사랑들이 모두 ______________________ .

3. 祈願事業能成功。

   ____ .

⊞ 查看更多單字 - 社會相關名詞

이데올로기	意識形態，語源：ideologie(德)
탈맥락화	去脈絡化
전환기 정의 / 이행기 정의	轉型正義
백색 테러	白色恐怖
사회 운동 / 시민 운동	社會運動／市民運動
인권	人權
민주주의	民主主義
공산주의	共產主義
진보	進步
보수	保守

water22daily

"내가 완전하고 내 인생이 안전하다고 느끼면
누군가가 꼭 필요하지 않다고도 느끼게 됩니다 .
그것이 가장 평온한 상태이기도 하다 ." ...... 더 보기

4-2-3 水水｜昨天整理手機 Memo 時發現這些句子

貼文內容

“내가 완전하고 내 인생이 안전하다고 느끼면
누군가가 꼭 필요하지 않다고도 느끼게 됩니다 .
그것이 가장 평온한 상태이기도 하다 .”

어디선가 들은 말이다 .
처음에 무슨 말인지 몰랐지만 좋은 말인 것 같아
그냥 별 생각 없이 내 메모장에 써 놓았다 .

어제 핸드폰 메모장 정리하다가 다시 이 문구들을 발견했다 .
너무 가슴에 와닿아서
다 같이 봤으면 좋겠다는 마음에
여기에다 올려 봅니다 .

자기계발 # 글귀 # 치유 # 힐링글귀 # 글스타그램

翻譯年糕

「當我覺得完整和我的生命是安全的時候，
就會感覺未必一定需要誰。
而這也是最平靜的狀態。」
從某處聽來的句子
一開始不知道是什麼意思，只覺得好像是很棒的句子，
所以沒多想就記在我的備忘錄上。

昨天整理手機備忘錄時，再次發現這些句子，
覺得很觸動我，
因此基於想讓大家一起看的心情，
也 PO 在這裡。

單字瀏覽

완전하다 (adj.) 完全、完整	**인생 (n.)** 人生、生命
안전하다 (adj.) 安全	**느끼다 (v.)** 感覺、感受、感到
누군가 (代名詞) 誰、某人 (不定指稱)	**꼭 (adv.)** 一定、必定
필요하다 (adj.) 必要、必須	**평온하다 (adj.)** 平靜、平穩
상태 (n.) 狀態、狀況	**듣다 (v.)** 聽、聽見

별 (冠形詞 .) 特別的、額外的	**생각 (n.)** 想法、意見、念頭
메모장 (n.) 記事本、備忘錄，語源：memo	**정리하다 (v.)** 整理、整頓
문구 (n.) 文句、句子	**발견하다 (v.)** 發現、發覺
마음 / 가슴에 와 닿다 (慣用句) 觸動內心	**올리다 (v.)** 呈、上，此處當「上傳、po 文」的動詞

我的 Hashtag

韓文 Hashtag	中文 Hashtag	補充說明
# 자기계발	# 自我啟發	等同於「個人成長」。
# 글스타그램	# 文字 stagram # 文章 stagram	글 (文字、文章) + 인스타그램 (instagram) 的合成語。搜尋此 hasgtag 可以找得到許多韓文的手寫字或名言佳句。
# 글귀	# 文句	字句、文句，「귀」為漢字音「句」
# 치유	# 治癒	
# 힐링글귀	# 療癒文句	힐링 (療癒) + 글귀 (文句) 的合成單字。

♡ 主題句型 1

그것이 가장 평온한 상태이기도 하다 .

這也是最平靜的狀態。

A/V- 기도 하다

N 이기도 하다 . 也 A/V；也是 N

常用模式：A1/V1 기도 하고 A2/V2 기도 하다 . 既 A1/V1，也 A2/V2
「- 기도 하다」表示囊括、包括了前面的行為或狀態。中文常譯爲「也 ...；也是 ...」。
常用模式：A1/V1- 기도 하고 A2/V2- 기도 하다 . 加入了表示並列的「- 고」(請參照 part2-07)，中文翻譯為「既 ...，也 ...」

例句

1. 가끔씩 건빵으로 끼니를 때우기도 해요 .
   偶爾也會用營養口糧打發一餐。

2. 친구랑 영화를 보기도 하고 혼자서 보기도 해요 .
   也會和朋友看電影，也會自己看。

3. 살면서 좋은 일이 있기도 하고 나쁜 일이 생기기도 해 .
   人生會有好的事情，也會發生不好的事情。

4. 피곤하기도 하고 컨디션이 안 좋기도 하니까 그냥 집에 있으려고요 .
   我覺得很累，狀態也不太好，打算只待在家。

5. 로운은 대한민국 아이돌 그룹 SF9 의 멤버이자 배우이기도 해요 .
   路雲是大韓民國偶像團體 SF9 的成員，也是一位演員。

照樣造句

1. 偶爾也會覺得寂寞。

   가끔씩 ______________ 합니다 .

2. 和家人也會爭執，也會吵架。

   가족들하고 ______________ 하고 ______________ .

3.JYP 是韓國藝人，也是經紀公司 (娛樂公司) 的老闆。(엔터테인먼트 회사 대표 經紀公司的老闆)

   JYP 는 한국 아티스트이고 , ____________________ .

主題句型 2

핸드폰 메모장 정리하다가 이 문구들을 발견했다 .

整理手機備忘錄 (整理到一半)，發現了這個句子。

V- 다 (가) 做 V 做到一半 ...

「- 다가」表示轉折，某動作進行中被中斷，轉而去做另一動作時使用。也可以使用在前子句動作仍持續中，後子句的動作發生時。也可省略「가」縮略成「- 다」。

例句

1. **일하다가 코피가 났다 .**
   工作到一半流鼻血了。

2. **영화를 보다가 잠이 들었어 .**
   我看電影看到一半睡著了。

3. 웃다가 울었습니다 .
笑一笑然後哭了。

4. 게임하다가 컴퓨터가 갑자기 꺼졌다 .
玩遊戲玩到一半，電腦突然關機了。

5. 산책하다가 우연히 초등학교 동창을 만났어요 .
散步散到一半遇到小學同學了。

▽ 照樣造句

1. 洗澡洗到一半，浮現很棒的點子。

______________ 좋은 아이디어가 떠올랐어 .

2. 運動到一半，腰扭到了。

______________ 허리를 삐었어요 .

3. 看 Youtube 看到一半，鬧鐘響了，嚇了一大跳。

______________ 핸드폰 알람이 울려서 깜짝 놀랐어 .

⊞ 查看更多單字 - 心情、情緒形容詞

기쁘다	高興、開心
신나다	開心、來勁 (心情非常好)
행복하다	幸福
불안하다	不安
두렵다	可怕、恐怖
무섭다	害怕、恐懼

깜짝 놀라다	吃驚、驚訝
답답하다	煩悶、壓抑
밉다	討人厭、可惡
귀찮다	厭煩、麻煩
어색하다	尷尬、彆扭
슬프다	傷悲、傷心
우울하다	憂鬱
서운하다	不是滋味
외롭다	孤單、寂寞

媽咪蓉媽的個人 IG 主頁

potatomom__life ⌄

187	299	182
게시물	팔로워	팔로잉

蓉媽 👶 馬鈴薯的媽

與3歲大的馬鈴薯和一位韓籍男子
過著平凡的家庭小日子
#도치맘 #육아일기
#育兒日記 #異國婚日常

potatomom __ life

한국어반 친구들이 자꾸 우리집에 집들이 오고 싶대서
집들이 겸 연말파티 한 번 초대 해 봤어요 !!!
음식을 준비하느라 정신이 1 도 없었지만 ..
그래도 다들 너무 잘 먹어줘서 고마웠어요ㅠㅠㅠ ...... 더 보기

4-3-1 蓉媽｜邀請大家參加喬遷宴兼年末派對

貼文內容

한국어반 친구들이 자꾸 우리집에 집들이 오고 싶대서
집들이 겸 연말파티 한 번 초대 해 봤어요 !!!
음식을 준비하느라 정신이 1 도 없었지만 ..
그래도 다들 너무 잘 먹어줘서 고마웠어요ㅠㅠㅠ
오빠도 한국말 잘 하는 대만친구들을 만나서 재밌었다고 하네요 !
다음에 또 뭉치쟈 애들아

집들이 # 홈파티 # 홈술 # 송년회 # 연말파티

翻譯年糕

因為韓文班的同學們一直說要來我家喬遷宴
就邀請大家來喬遷兼年末派對啦 !!!
雖然因為準備食物忙得團團轉（忙得一點精神都沒有）..
但還是謝謝大家吃得這麼開心ㅠㅠㅠ
老公也說見到韓文說得好的台灣朋友們很好玩呢！
下次再聚吧 大家

單字瀏覽

자꾸 (adv.) 總是、老是	집들이 (n.) 喬遷請客、喬遷宴
겸 (依存 n.) 兼、順便、同時	연말파티 (n.) 年末派對
초대하다 (v.) 邀請、招待	음식 (n.) 飲食、食物、飯菜
준비하다 (v.) 準備	정신이 없다 (adj.) 暈頭轉向、忙得不可開交、不知所措
그래도 (adv.) (即使…) 但還是、也還是	뭉치다 (v.) 團結、凝聚，常被用在「和朋友相聚」時使用。

我的 Hashtag

韓文 Hashtag	中文 Hashtag	補充說明
# 집들이	# 喬遷宴	
# 집스타그램	# 家 stagram	집 (家) ＋인스타그램 (instagram) 的合成語，以寫作時間為基準，此 hasgtag 數已達 483 萬。
# 홈파티	# 在家派對	홈 (Home，家) ＋파티 (party，派對) 的合成語。

# 홈술	# 在家喝酒	홈 (Home，家) ＋술 (酒) 的合成語。
# 송년회	# 送年會	
# 연말파티	# 年終派對	

♡ 主題句型 1

한국어반 친구들이 자꾸 우리집에 집들이 오고 싶대서
집들이 겸 연말파티 한 번 초대 해 봤어요 !!!
因為韓文班的同學們一直說要來我家喬遷宴，所以就邀請大家來喬遷兼年末派對啦 !!

N(某人) 이 / 가 …….(ㄴ / 는) 대서……
因為 N(某人) 說 ……，所以 …….

「- ㄴ / 는대서」為間接引用的「- ㄴ / 는다고 하다」(變化請參照表格) 加上「- 아 / 어서」(請參照 part3-04) 的縮略形式，「- ㄴ / 는다고 하다 + - 아 / 어서 = - ㄴ / 는다고 해서」「- ㄴ / 는다고 해서」縮略掉「고、ㅎ」後成為「- ㄴ / 는대서」。

*「오다 (來) ＋고 싶다 (想 -)」為形容詞詞組，因此跟著形容詞作變化，變化方式參見以下表格。

間接引用表示不使用引號、不以他人為第一人稱去引用的話語、想法、文章。

以中文舉例：

水水對著我說：「我愛你。」(有引號出現的是直接引用)

水水對著我說她愛我。(沒有引號，但也是引述別人的話語、想法時則為間接引用)

韓文也是如此。在韓文的間接引用中，直接引用中出現的韓文引號 “ ” 就會不見，第一人稱「나 / 내」或「저 / 제」會變成「자기」。

* 間接引用表格：

	陳述句		
	動詞	形容詞	名詞
現在式	V - ㄴ / 는다고 하다	A- 다고 하다	N(이) 라고 하다
過去式	V /A - 았 / 었다고 하다		N 이었 / 였다고 하다
未來式	V /A- ㄹ / 을 거라고 하다		N 일 거라고 하다

	疑問句		
	動詞	形容詞	名詞
現在式	V /A -(으) 냐고 하다		N(이) 냐고 하다
過去式	V /A - 았 / 었냐고 하다		N 이었 / 였냐고 하다
未來式	V /A - ㄹ / 을 거냐고 하다		N 일 거냐고 하다
勸誘句	V- 자고 하다		
命令句	V-(으) 라고 하다		

例句

1. 남친이 우리 집에 온대서 집 청소를 했지 .
   男友說要來我們家，所以我打掃了家裡。

2. 엄마가 고급 레스토랑 한 번 오고 싶대서 모셔왔죠 .
   媽媽說想來一次高級餐廳，所以就帶她來了。

3. 당신이 매운 걸 싫어한대서 안 맵게 해 왔어요 .
你說你討厭辣的食物，所以就做了不辣的來。

4. 혜린 씨가 오늘 야근한대서 아마도 못 올 거야 .
慧琳說今天要加班，所以應該不能來了。

5. 오빠가 오늘 너무 힘들대서 내가 마사지를 해 줬다 .
歐霸說今天太累了，所以我幫他按摩了。

照樣造句

1. 朋友說想吃烤肉，所以就來了。

______________________ 고기집에 왔어요 .

2. 大家都說這個對身體好，所以買了。

사람들이 ______________________________ .

3. 女友說喜歡花，所以買了當禮物。

____ .

主題句型 2

정신이 1 도 없었다 .

一點精神也沒有（引申為忙亂、不知所措 ...）。

1 도＋否定（負面）表現 一點也都（不）....

本句型非文法正確的句型，但為近年來韓國年輕人流行的用法，將原本符合文法規範的「하나도＋否定（負面）表現」，將純韓文數字 하나，直接改為阿拉伯數字 1（口語中，也延續此誤用，讀音改讀為漢字音數字「일」），可以在 SNS 非正式書寫或韓國人口語聊天、發送訊息的時候使用。

本句型的語源由來為韓國藝人 Henry 出演 2014 年 4 月 13 日 MBC 的《真正的男人 (진짜 사나이)》，在答案板上寫下了「모라고 했는지 1 도 몰으갰습니다 (一點都不知道說了什麼)」，此後在網路上使用「1 도 모르겠습니다」的人開始增加，後來也開始在電視節目、廣播被使用。

請注意：此文法不適合使用於正式書寫或正式場合。因為在標準文法上，1 並不能代替하나，因此這也被視為是一種「國語破壞」，不過不可否認的是，此為韓國人都知道的用法，是日常生活、口語中或是 SNS 上也經常出現。

例句

1. 너한테 관심 1 도 없다 .
我對你一點興趣也沒有。

2. 교수님이 무슨 말씀하셨는지 1 도 모르겠습니다 .
教授說了什麼，一點都不知道。

3. 그 영화 진짜 재미가 1 도 없어 .
那個電影真的一點都不有趣。

4. 여기 음식 맛이 1 도 없다 .
這裡的食物一點都不好吃。

5. 책임감이 1 도 없는 사람이네요 .
你真的是一點責任感都沒有的人呢。

照樣造句

1. 一點也想不起來

생각이 ______________ 안 남 .

2. 聽說獵奇辣炒年糕 (엽기떡볶이 = 엽떡) 很辣，結果一點也不辣呀！

엽떡이 맵다더니 ______________ 안 맵네요 .

3. 肚子一點也不餓

____.

⊕ 查看更多單字 - 搬家的常用單字

집을 구하다 (v.)	找房子
이사하다 (v.)	搬家
전세	全租、全稅式 (向房東交付一定金額的押金，獲得一定時間的房屋免費使用權，期滿後退回押金的韓國特有租屋模式)
월세	月租
부동산	不動產 (這裡指在韓國租房、買房時去的房地產仲介公司)
역세권	車站生活圈，漢字語源：「驛勢圈」。指受到車站 (通常指地鐵站) 之經濟面、商業面影響力影響，以車站為中心發展的地區。
짜장면	炸醬麵
탕수육	糖醋肉
집들이	喬遷請客、喬遷宴
두루마리 휴지	捲筒式衛生紙
수건	毛巾
비누	肥皂

【韓國的喬遷宴文化】

在韓國，參加別人的喬遷宴時，通常會帶捲筒式衛生紙、毛巾、肥皂（清潔用品）等生活用品作為禮物，不但實用、同時也祝福對方的家庭大小事能像使用捲筒式衛生紙般，可以輕鬆解決——因抽取卷筒式衛生紙的動詞可以用「풀다」，解決事情的動詞也可以用「풀다」。

potatomom __ life

수수랑 요가학원을 다니기로 했어요 .
아기를 낳고 나서부터 제대로 운동한 적이 없어서인지 몸이
너무 뻣뻣하고 유연하지 못하네요ㅜㅜ
어제 처음으로 요가를 도전했는데 ...... 더 보기

4-3-2 蓉媽｜和水水一起去瑜伽教室上課

貼文內容

수수랑 요가학원을 다니기로 했어요 .
아기를 낳고 나서부터 제대로 운동한 적이 없어서인지 몸이
너무 뻣뻣하고 유연하지 못하네요ㅜㅜ
어제 처음으로 요가를 도전했는데
정말 죽을 맛이었답니다ㅎㅎㅎㅎㅎ
옆에서 봤을 땐 그냥 쉬운 동작들이었는데
직접할 땐 온몸이 벌벌벌벌 떨리더라구요 ㅋㅋㅋㅋ

다행히 @annyoungyoga 쌤이 계속 안심시켜주셨고
수수도 옆에서 응원해 줘서
무사히 끝낼 수 있었던 것 같아요 .
잘해야만 흥미가 생길 줄 알았는데
못하는 걸 열심히 하는 것도 재미있네요 .

요가스타그램 # 요가하는여자 # 오하운 # 요기니
홈요가

翻譯年糕

決定和水水一起去瑜伽教室上課了
生完小孩後就沒有好好的運動過的我的身體
超級僵硬不柔軟的 Q Q
昨天第一次挑戰了瑜伽
真的是快要死掉了哈哈哈哈哈
在旁邊看都只是看起來很簡單的動作
自己做的時候全身都在抖抖抖抖 顆顆顆顆

幸好 @annyoungyoga 老師一直使我安心
水水也在旁邊幫我加油
才能沒事結束
我以為擅長的東西才有趣
不過努力地做不擅長的事也很有趣呢

單字瀏覽

요가 (n.) 瑜伽	학원 (n.) 補習班
아기 (n.) 嬰兒、幼兒、孩子	낳다 (v.) 生、生產
제대로 (adv.) 正常地、好好的	운동하다 (v.) 運動
몸 (n.) 身體	뻣뻣하다 (adj.) (身體)僵硬、(態度、個性)強硬、頑強

유연하다 (adj.)
柔軟

도전하다 (v.) 挑戰

쉽다 (adj.)
容易、簡單

벌벌 (adv.)
發抖、打哆嗦的樣子

다행히 (adv.) 幸好、多虧

응원하다 (v.)
應援、加油

잘하다 (v.) 擅長、拿手

끝내다 (v.)
結束、完成、做完

흥미 (n.) 趣味

열심히 (adj.)
專心致志地、努力地

처음 (n.)(adv.)
首次、第一次

옆 (n.) 旁邊

동작 (n.)
動作

떨리다 (v.)
發抖、顫抖，「떨다」的被動型態

안심시키다 (v.) 使安心

무사히 (adv.)
平安、好好地、沒事地

못하다 (v.) 不會、不能

재미있다 (adj.)
有趣，在口語或非正式的書寫中，韓國人經常將「재미있다」的「있」併到前面的 미 (因為母音 'ㅣ' 相同)，說、寫成「재밌다」。

我的 Hashtag

韓文 Hashtag	中文 Hashtag	補充說明
# 요가스타그램	# 瑜伽 stagram	요가（瑜伽）＋인스타그램 (instagram) 的合成語。
# 요가하는여자	# 做瑜伽的女子	
# 오하운	# 今天一天運動	오늘 하루 운동（今天一天運動）的縮寫，為被選為 2021 趨勢關鍵字之一的單字。指運動已成為日常的一部分。
# 요기니	# 女瑜伽士 # 女性瑜伽修煉者	女瑜伽士，語源：yoginī，在宗教中的瑜伽士中的定義較為嚴格，因此練習瑜伽的人使用此 Hashtag 並不一定有包含宗教意涵的瑜伽士，而是單純指練瑜伽的女性較多。
# 홈요가	# 在家瑜伽	語源：homeyoga

♡ 主題句型 1

수수랑 요가학원을 다니기로 했어요 .

決定和水水一起去瑜伽教室上課了。

V- 기로 하다 決定、決心 V；打算、計畫 V

「- 기로 하다」表示自己的決心和決定，也可表示和他人的約定。中文為譯為「(自己) 決定、決心 ....」、「(自己和他人) 打算、計劃 ....」。

例句

1. 내일부터 다이어트하기로 했어요 .
   決定從明天開始節食減肥了。

2. 술 안 먹기로 했어 .
   決心不喝酒了。

2. 좋은 생각만 하기로 했다 .
   決定要只想好事。

3. 저희가 결혼하기로 했습니다 .
   我們決定要結婚了。

4. A: 그 영화 개봉했대 ! 언제 보러 갈까 ?
   A: 聽說那個電影上映了！我們何時要去看呢？

   B: 미안 , 나 남친이랑 보러 가기로 했어…
   B: 抱歉，我已經和男友約好要去看了……

照樣造句

1. 決定搬到首爾。

   서울로 ______________ .

2. 我們說好要暫時保有思考的時間 (註：韓國人分手前常說：우리 서로 생각할 시간을 좀 갖자 .)

   우리 서로 생각할 시간을 좀 ______________ .

3. 決定要離職了。

   ________________________________ .

主題句型 2

아기를 낳고 나서부터 제대로 운동한 적이 없다 .

生完小孩之後，沒有好好運動過。

V - 고 나서　(做完)V 之後 ...

「- 고 나서」表示徹底地完成某動作後，行為或狀態才發生。與表示先後順序的「- 고」幾乎相同，但「- 고 나서」更強調前一動作已完全完成。中文譯為「(做完)V 之後 ...」

例句

1. **밥 먹고 나서 속이 계속 안 좋네요 .**
   吃完飯後，肚子一直不太舒服。

2. **엄마랑 한 판 싸우고 나서 집에서 나왔어요 .**
   和媽媽吵完架後，離家出走了。

3. 한국어를 배우고 나서 인생이 달라졌어요 .
學完韓文之後，人生整個改變了。

4. 헤어지고 나서 한동안 폐인으로 살았어 .
分手了之後，有好一陣子都活得像廢人一樣。

5. 졸업하고 나서부터 계속 프리랜서로 활동해 왔습니다 .
畢業了之後，一直都是以自由業者的身份活動。

照樣造句

1. 閱讀完了那本書之後，我的想法改變了。

   그 책을 ______________ 생각이 달라졌어요 .

2. 換工作之後，工作量減少很多。

   ______________ 업무량이 많이 줄었어요 ..

3. 洗完澡之後，擦乳液是我的習慣。

   ______________________________ .

⊕ 查看更多單字 - 瑜珈修煉相關單字

(숨을) 들이마시다	吸氣
(숨을) 내쉬다	吐氣

〈瑜珈相關工具〉

요가 매트	瑜伽墊
요가복	瑜伽服
요가 블럭	瑜伽磚

〈常見瑜伽類別〉

빈야사 요가	流動瑜伽
인요가	陰瑜伽
하타요가	哈達瑜伽
아쉬탕가 요가	阿斯坦加瑜伽
핫요가	熱瑜伽
플라잉 요가	空中瑜伽

〈瑜伽常見動作〉

* 韓國的瑜伽老師梵文讀音、韓文簡稱都會使用喔～

梵文韓字拼寫	韓文簡易稱呼	中文
수리야 나마스카라	태양 경배 자세	拜日式
브륵샤아사나	나무 자세	樹式
아도무카스바나아사나	다운독 자세	下犬式
차투랑가 단다사나	사지 막대 자세	平板式
브라마차리아 아사나	전굴 자세	前彎
부장가사나	코브라 자세	眼鏡蛇式
바라아사나	아기 자세	嬰兒式
사바사나	시체 자세	大休息

potatomom __ life

•••

요즘… 날씨가 너무 좋습니다 !~ ☀
이렇게 따뜻하고 포근한 날에
데이트하기엔 꽃무늬 원피스가 빠질 수가 없죠 !
저 이 원피스 너무 맘에 들어서 진짜 매일 매일 입고 …… 더 보기

4-3-3 蓉媽｜小花洋裝團購從今天 10 點開始

貼文內容

요즘… 날씨가 너무 좋습니다 !~ ☀
이렇게 따뜻하고 포근한 날에
데이트하기엔 꽃무늬 원피스가 빠질 수가 없죠 !
저 이 원피스 너무 맘에 들어서 진짜 매일 매일 입고 싶네요ㅠㅠ
꽃무늬 원피스 공구가 오늘 10 시부터 시작됩니다 .
날씨 따뜻해진 만큼 예쁜 옷 입으면서
여러분의 마음도 따뜻해졌으면 좋겠어요 .♡ ✨ ✨

오늘의코디 # 원피스공구 # 광고 # 마켓 # 여성의류

翻譯年糕

最近 ... 天氣好好喔！～☀
在這樣溫暖暖和的日子
當然不能少了適合約會的小花洋裝啊！
我太滿意這件洋裝了，真的很想每天每天穿呢 QQ

小花洋裝團購今天 10 點開始。
天氣變暖和了，希望穿了漂亮的衣服之後
各位內心也變得像天氣一樣很溫暖喔！.♡ ✨ ✨

單字瀏覽

날씨 (n.) 天氣	**따뜻하다 (adj.)** 溫暖、暖和
포근하다 (adj.) 暖和、溫暖	**데이트하다 (v.)** 約會、交往，語源：date--
딱 (adv.) 正好、剛好	**꽃무늬 (n.)** 花紋、花樣
원피스 (n.) 連身裙、洋裝	**빠지다 (v.)** 掉、脫落
마음에 들다 (慣用句) 喜歡、滿意	**매일 (n.) (adv.)** 每天、天天
입다 (v.) 穿	**공구 (n.)** 團購

我的 Hashtag

韓文 Hashtag	中文 Hashtag	補充說明
# 오늘의코디	# 今日的穿搭	
# 원피스공구	# 洋裝團購	공구：團購，漢字音：共購。也可以使用공동구매 (共同購買) 做 hashtag 搜尋。

# 광고	# 廣告	因 2020 年韓國 Youtuber 的隱性業配事件後，若為業配、置入行為，韓國人會在貼文中標註 # 광고，避免違法。
# 마켓	# 市場	語源：market。在 IG 上經營商業行為、販賣物品時，經常會加上此 Hashtag。
# 여성의류	# 女裝	漢字音：女性衣類

♡ 主題句型 1

따뜻하고 포근한 날에 **데이트하기엔 딱 좋은 꽃무늬 원피스**가 빠질 수가 없죠 !

在這樣暖洋洋的日子裡，當然少不了適合約會的小花洋裝啊！

時間 N(에는) N 이 / 가 빠질 수가 없다 . 某時間當然不能少了 N。

為動詞「빠지다 (少)」和表示沒有做該動作之能力或可能性的「- ㄹ / 을 수 없다」(請參照 part 3-12) 結合，表示不能少了某人、事、物，可單獨使用，也可以在前面加上表示時間的名詞，指在某時間點不能少了某人、事、物。

例句

1. 이런 날에는 술이 빠질 수가 없지 .
   這種日子當然少不了酒啊。

2. 영화 볼 때엔 팝콘이 빠질 수가 없습니다 .
   看電影的時候當然少不了爆米花。

3. 기념일에는 와인이 빠질 수가 없죠 .
   紀念日當然少不了紅酒啊。

4. 크리스마스에는 뱅쇼가 빠질 수 없지 .
聖誕節當然少不了熱紅酒啊。

5. 추운 날에는 핫팩이 빠질 수가 없죠 .
冷冷的日子當然少不了暖暖包啊。

照樣造句

1. 情人節當然不能少了巧克力啊！
발렌타인 데이 ____________ 초콜릿 ______ 빠질 수가 없죠 .

2. 生日當然不能少了蛋糕啊！
생일 ____________ 케이크가 ____________ .

3. 宿醉的時候當然少不了 morning care(모닝 케어 醒酒飲料名稱) 啊！
____ .

主題句型 2

날씨 따뜻해진 만큼 여러분의 마음도 따뜻해졌으면 좋겠어요 .
如同天氣變溫暖般，希望各位的內心也變得溫暖。

A/V- ㄴ / 은 / 는 / ㄹ / 을 만큼

N 만큼 表示相當的程度

本句型表示前子句的行為、狀態與後子句類似或程度相當。

形態變化請參考下列表格：

	動詞	形容詞	名詞
現在式	V- 는 만큼	A- ㄴ / 은 만큼	N 만큼
過去式	V- ㄴ / 은 만큼	X	X
未來式	V- ㄹ / 을 만큼		

例句

1. **사랑한 만큼 미워했다 .**
   有多愛就有多恨。

2. **노력한 만큼 몸이 변합니다 .**
   有多努力就可以看到多少身體的改變。

3. **먹은 만큼 살이 찐다 .**
   吃多少就胖多少。

4. **죽을 만큼 사랑했어요 .**
   愛得要死。

5. **나도 너만큼 힘들어 .**
   我也像樣你一樣累。

照樣造句

1. 有多痛就能變得多成熟。

   ＿＿＿＿＿＿＿＿ 성숙해진다 .

2. 隨著年紀變大，皺紋也跟著變多了。

나이가 ______________ 피부 주름도 막 생겼네요 .

3. 給多少錢就做多少事。

______________________________________ .

⊞ 查看更多單字 - 購物相關詞彙

〈購物名詞〉

공구	團購
인터넷 쇼핑	網購
중고 거래	二手交易
해외직구	海外直購
홈쇼핑	電視購物
전자 상거래	電商
아이쇼핑	逛街 (用眼睛瀏覽商品但沒有購買)、櫥窗購物
택배	宅配，也可指宅配送來的貨物
모바일 결제	電子支付

〈購物動詞〉

찜하다	看中 (某物)
장바구니에 넣다	放入購物車
주문하다	訂購、訂貨
결제하다	結帳
할부하다	分期付款

환불하다	退錢、退款
교환하다	換貨
반품하다	退貨
배송하다	配送
택배를 받다	收到貨品

【韓國的二手交易平台與宅配服務】

「당근마켓」——「紅蘿蔔商城」，「당신 근처에 따뜻한 중고거래 어플 (您附近溫暖的中古交易 app)」縮寫為「당근」為當前韓國人愛用的中古二手交易 app 之一，提供同一個小區 (동네) 內的居民可以直接中古商品交易的 app。

「로켓배송」——「火箭配送」，韓國線上購物網站提供的「當日配送」服務，受到許多韓國人愛用。

閨蜜阿龍的個人 IG 主頁

adragon0612

536	1476	5701
게시물	팔로워	팔로잉

阿龍

我gay我驕傲

#퀴어 #이쪽 #酷兒 #性別平權

adragon0612

•••

勇敢發聲如花生長般
強韌溫柔無所畏懼

강인하고 부드럽게
두려움 없이 ,

꽃이 피어나듯
용감하게 목소리를 내 ...... 더 보기

4-4-1 阿龍｜今天去看了關於性暴力的展覽

貼文內容

강인하고 부드럽게
두려움 없이 ,

꽃이 피어나듯
용감하게 목소리를 내
//
전시회를 다녀왔다 . 성폭력을 주제로 한 전시회였다 .
그리고 위 문구는 전시회 현장 벽에 쓰여진 글이다 .
예상 밖의 심각한 이야기가 눈 앞에 펼쳐져 슬프고 화도 났지만

'어두운 현실을 마주해야 진정한 희망을 찾을 수 있다' 는 말과 같이

어쩌면 우리는 어둠을 직시하는 과정을 통해
강인하고도 부드럽게
희망을 꽃피울 수 있을 지도 모른다 .

전시회추천 # 큐레이터 # 갤러리 # 갤러리추천

翻譯年糕

強韌溫柔無所畏懼，
勇敢發聲如花生長般。
//
去看了展覽。是關於性暴力的展覽。
然後上面的句子是在展覽的牆壁上寫的文字
雖然因為難以想像嚴重的故事在眼前開展既悲傷又生氣，

但如同「要面對黑暗，才能找到真正的希望。」一樣

也許我們都是透過直視黑暗的過程，
成為強韌又溫柔的希望之花
綻放也不一定呢。

單字瀏覽

강인하다 (adj.) 堅強、堅韌	부드럽다 (adj.) 溫柔、柔和
두려움 (n.) 恐懼、畏懼	없이 (adv.) 無、沒有
피어나다 (v.) 綻放、開出	용감하다 (adj.) 勇敢、英勇
전시회 (n.) 展覽會、展示會	다녀오다 (v.) 去過、去了一趟回來

성폭력 (n.) 性暴力	**관련되다 (v.)** 有關、相關
문구 (n.) 文句、句子	**현장 (n.)** 現場
벽 (n.) 牆壁	**쓰이다 (v.)** 書寫、寫（쓰다的被動形態）
글 (n.) 文、文章	**어둡다 (adj.)** 黑暗、暗
현실 (n.) 現實、真實	**마주하다 (v.)** 面對
펼치다 (v.) 展開	**진정하다 (adj.)** 真正、真心
희망 (n.) 希望	**찾다 (v.)** 找、找尋
직시하다 (v.) 直視、注視	**과정 (n.)** 過程、經過

我的 Hashtag

韓文 Hashtag	中文 Hashtag	補充說明
# 전시회추천	# 展覽推薦	
# 큐레이터	# 策展人	

# 갤러리	# 畫廊	語源：gallery
# 갤러리추천	# 畫廊推薦	
# 아트	#art # 藝術	art(藝術) 的韓語外來語拼寫。據筆者觀察韓國人在發藝術類展覽的貼文相較於標註小範圍的 hashtag，較常直接標註廣泛、籠統的分類。

♡ 主題句型 1

어둠을 직시하는 과정을 통해 희망을 꽃필 수 있다 .

透過直視黑暗的過程，能綻放希望

N- 을 / 를 통해 (서)… 通過 / 透過 N

「- 을 / 를 통해 (서)」表示經由某一人、事、物或過程，得以完成後子句中的行為。等於中文的「通過 / 透過 ....」。

有尾音的加「- 을 통해서」，沒有尾音的加「- 를 통해서」，也可以省略「서」，寫成「- 을 / 를 통해」。

例句

1. 여행을 통해 삶이 풍부해집니다 .
   透過旅行，生命變得豐富。

2. 이 책을 통해서 사랑을 배웠다 .
   透過這本書，學到了愛。

3. 아는 선배를 통해 직장을 구했어요 .
   透過認識的前輩，找到了工作。

4. 인스타를 통해 지금의 남친을 만났어요 .
透過 IG，交到現在的男友。

5. 드라마를 통해서 한국에 관심을 가지게 됐어요 .
透過電視劇，對韓國產生了興趣。

照樣造句

1. 透過失敗而成長。

   실패 ______________ 성장을 했다 .

2. 透過閱讀，我擁有了更廣闊的視角。

   ______________ 더 넓은 시야를 가졌어요 .

3. 最近透過 podcast，聽韓國新聞。

   ____ .

主題句型 2

어두운 현실을 마주해야 진정한 희망을 찾을 수 있다 .
要面對黑暗，才能找到真正的希望。

A/V- 아 / 어야 要 A/V 才

「- 아 / 어야」表示前子句的內容為必備的條件，須滿足該條件，後子句才得以成立。等於中文的「要 (必須)... 才 ...」。

例句

1. 영상이 재미있어야 사람들이 보죠 .
影片要有趣，人們才會看啊。

2. 사회적 거리를 둬야 우리가 안전해요 .
要保持社交距離，我們才能安全。

3. 자신을 먼저 사랑해야 다른 사람에게도 사랑을 줄 수 있다 .
要先愛自己，才能愛其他人。

4. 운동하면서 살을 빼야 요요가 안 와 .
要邊運動邊減肥，才不會復胖。

5. 찬 음식은 적당히 먹어야 배탈이 안 나요 .
冰冷的食物應酌量攝取，才不會腹瀉。

照樣造句

1. 必須要明確的設好界線才行。

   확실히 선을 ______________ 돼요 .

2. 要背單字，韓文口說才會進步啊。

   ______________ 한국말이 늘죠 .

3. 要有男友才能結婚啊。

   ____ .

⊞ 查看更多單字 - 各展覽種類名稱

관람객	參觀者
전시회장	展場 / 展覽館
사진전	攝影展
도서전	圖書展

미술전	畫展、美術展覽會
미용박람회 / 뷰티 박람회	美容展（美容博覽會）
식품박람회	食品展（食品博覽會）
문화 및 창조산업 박람회	文創展（文化創意產業博覽會）
애니메이션 전시회	動漫展
무역전시회	貿易展

adragon0612

그저께 술을 너무 많이 마셔서 어제 운동을 하루 쉬었더니
오늘 너무 힘들다ㅋㅋㅋㅋㅋㅋㅋ
그렇지만 핑계는 금물 !!
어떻게든 오늘은 반드시 하고 오자며 ...... 더 보기

4-4-2 阿龍｜前天酒喝太多，今天重訓果然很累

貼文內容

그저께 술을 너무 많이 마셔서 어제 운동을 하루 쉬었더니
오늘 너무 힘들다ㅋㅋㅋㅋㅋㅋㅋ
그렇지만 핑계는 금물 !!
어떻게든 오늘은 반드시 하고 오자며
다짐하고 간 헬스장이니까

트레이너 형이 짜준 루틴을 따라 했는데
벌크업 하려면 팔다리를 못 쓸 정도로
빡세게 운동해야 한다는 걸 깨달음

오늘 운동 진심 헬이었다ㅋㅋㅋㅋ

그래도 오늘은

맨몸런지 50 개 (워밍업)
스미스런지 160kg
V 스쿼트 머신 - 와이드스쿼트
레그프레스
레그컬

야물딱지게 완료 !!

헬스장 # 헬린이 # 운동기록 # 웨이트트레이닝
운동스타그램

翻譯年糕

前天酒喝太多，昨天運動休息了一天
結果今天有夠累的 哈哈哈哈哈哈
但找藉口是大忌 !!
因為是抱著 無論如何今天一定要做完再回來
的決心去的健身房

跟著教練哥排好的 routine 運動之後
領悟到如果想要增重的話
必須要拼命運動到手腳都無法使用的程度才行

今天的運動真的是地獄 顆顆顆顆

但今天還是

弓箭步 50 個 (暖身)
史密斯架弓箭步 160kg
V squat 深蹲 - 闊腳深蹲
腿部推舉
腿部彎舉

幹練地完成了 !!

單字瀏覽

그저께 (n.) 前天	**술 (n.)** 酒
마시다 (v.) 喝	**하루 (n.)** 一天、一整天
쉬다 (v.) 休息	**힘들다 (v.)** 辛苦、吃力、累
핑계 (n.) 藉口、理由	**금물 (n.)** 禁忌、大忌
다짐하다 (v.) 決心	**헬스장 (n.)** 健身房
트레이너 (n.) 教練，語源：trainer	**짜다 (v.)** 打造
루틴 (n.) 日常的、例行的，這裡指「一套動作」，語源：routine	**벌크업 (n.)** (藉由增加肌肉的方式來)增重
깨닫다 (v.) 領悟、醒悟	**헬 (n.)** 地獄，語源：hell
진심 (n.) 真心	**워밍업 (n.)** 熱身，語源：warming-up
야물딱지다 (adj.) 精明幹練，「야무지다」的慶南、全北方言。	

我的 Hashtag

韓文 Hashtag	中文 Hashtag	補充說明
# 헬스장	# 健身房	語源：health 場
# 헬린이	# 健身初學者	헬스 (健身) +어린이 (兒童) 的合成語，指健身初學者。
# 운동기록	# 運動紀錄	
# 웨이트트레이닝	# 重量訓練	語源：weight training
# 운스타그램	# 運動 stagram	運 stagram，운동 (運動) +인스타그램 (instagram) 的合成語。

♡ 主題句型 1

벌크업 하려면 **운동해야 돼요 .**

若想增重的話，需要運動。

V-(으) 려면 如果想 V 的話

「-(으) 려면」為表示意圖的「-(으) 려고 하다」和表示假設的「-(으) 면」(請參考 Part2-04) 之結合，表示假設某行為的意圖，指若意圖實現前子句之行為、動作時，需以後子句的動作為前提，因此後子句中經常出現「- 아 / 어야 하다」(請參考 Part4-4-1)。中文常譯爲「若想／如果想 ... 的話」。

有尾音的加「- 으려면」，沒有尾音的加「- 려면」。

例句

1. 건강하게 다이어트하려면 운동해야 돼요 .
   要想健康的減肥的話，必須運動

2. 한국어를 잘하려면 연습 많이 해야 해요 .
   要想把韓文說好的話，必須要多多練習。

3. 결혼하려면 먼저 연애를 해야지 .
   要想結婚的話，得先戀愛啊。

4. 아프지 않으려면 면역력을 키우는 게 중요하죠 .
   不想要生病的話，增強免疫力很重要。

5. 이혼하려면 소송을 걸어야 해 .
   要離婚的話，必須打官司。

照樣造句

1. 要去粉絲見面會的話，要先存錢。

   팬미팅에 ______________ 돈을 모아야 돼요 .

2. 要跟我和好的話，先道歉。

   나랑 ______________ 먼저 사과해 .

3. 想進大企業的話，要有好的資歷 (스펙)。

   ______________________________ .

♡ 主題句型 2

팔다리를 못 쓸 정도로 빡세게 운동해야 한다 .

必須拼命運動到手腳都無法用 (的程度) 才行。

A/V- ㄹ / 을 정도로… 到 A/V(的程度)

「- ㄹ / 을 정도로」表示後子句的行為、狀態達到了前子句行為或狀態之程度、水準。有尾音的加「- 을 정도로」，沒有尾音的加「- ㄹ 정도로」。

例句

1. 배가 터질 정도로 많이 먹었다 .
   吃得很多吃到肚子要爆炸了。
2. 말 안 나올 정도로 맛있어요 .
   好吃到話都說不出來了。
3. 울컥할 정도로 감동 받았다 .
   感動到要哭了。
4. 모르는 사람이 없을 정도로 유명해졌어요 .
   變得有名到沒有人不知道。
5. 눈에 하트 뿅뿅 나올 정도로 좋아하나 봐 .
   好像喜歡到眼睛都出現愛心了。

▽ 照樣造句

1. 忙到沒有時間吃飯。

   밥 먹을 시간이 ____________ 바빴어요 .

2. 漂亮到無法直視。

   ____________ 예뻐요 .

3. 現在幸福到好想哭。

   ______________________________________ .

⊞ 查看更多單字 - 健身相關名詞

덤벨	啞鈴
케틀벨	壺鈴
바벨 원판	槓片
풀업밴드	環狀阻力帶
폼롤러	滾筒
런닝머신	跑步機
상체 운동	練上半身 (的運動)
하체 운동	練下半身
어깨 운동	練肩膀
허벅지 운동	練大腿
등 운동	練背部
코어 운동	練核心

adragon0612

찐친이랑 투샷 .

내가 어떤 선택을 해도 다 지지해 줄 사람
내가 남자를 좋아하든 여자를 좋아하든 상관없이 ...... 더 보기

4-4-3 阿龍｜致我真正的朋友

貼文內容

찐친이랑 투샷.

내가 어떤 선택을 해도 다 지지해 줄 사람
내가 남자를 좋아하든 여자를 좋아하든 상관없이
내 존재 자체를 인정해준 사람.
내가 가장 힘들었을 때 내 옆에 있어주고
힘내라고 위로해준 사람.
니가 있어서 지금의 내가 있는 거야.
친구야 고맙다
앞으로도 잘 부탁한다.
생일축하하고
사랑해 ♡

#친구랑 #친스타그램 #우정스냅 #우정 #생일파티

翻譯年糕

和真朋友的合照

不管我做怎麼樣的選擇都會支持我的人
不管我喜歡男生還喜歡女生
肯定我存在本身的人
在我最辛苦的時候陪在身邊
叫我加油 安慰我的人
因為有妳 才有現在的我
朋朋 謝謝妳
未來也多多指教
然後生日快樂
愛妳 ♡

單字瀏覽

투샷 (n.) 語源為「Two Shot」，指畫面中有兩個人的合照。	**지지하다 (v.)** 支持 **좋아하다 (v.)** 喜歡
상관없다 (adj.) 無關、沒關係	**자체 (n.)** 本身、本體
존재 (n.) 存在 **힘내다 (v.)** 加油	**인정하다 (v.)** 認定、肯定
위로하다 (v.) 慰問、安慰	**축하하다 (v.)** 祝賀、慶祝

생일 (n.) 生日	

我的 Hashtag

韓文 Hashtag	中文 Hashtag	補充說明
# 친구랑	# 和朋友	表示「和朋友一起」做什麼事時可使用。
# 친스타그램	# 朋 stagram	朋 stagram，「친구 (朋友) ＋인스타그램 (instagram)」的合成語。
# 우정스냅	# 友情快照	友情快照，우정 (友情) ＋스냅 (snap、快照) 的合成語。
# 우정	# 友情	
# 생일파티	# 生日派對	

♡ 主題句型 1

연락해 주세요 .

(請求) 請聯絡我。

내 옆에 있어 줘어요 .

(為了他人做某事) 陪在我旁邊。

V- 아 / 어 주다 請幫我做 V；為了他人做某事、滿足他人意願

「- 아 / 어 주다」表示請求、要求，要求或請求他人做某事，與命令請求句的終結語尾結合，一般對話口語中，以非格式體敬語「- 아 / 어 주세요 .」、「- 아 / 어 주시겠어요 ?」的形式較常出現，等於中文的「請幫我做 V」。

除請求的意味外，「- 아 / 어 주다」也是表示「為了他人做某事、滿足他人意願」的補助動詞，本篇文章中出現的「지지해 주다」、「인정해 주다」、「있어 주다」，均包含此意義。中文並不一定會翻出相對應的詞。

例句

1. **연락해 주세요 .**
   請聯絡我。
2. **밥 사줘 .**
   請買飯給我 (= 請我吃飯)
3. **나를 알아 주는 사람 너밖에 없어 .**
   瞭解我的人只有你了。
4. **너무 피곤해서 그러는데 설거지 대신해 주면 안 돼요 ?**
   因為我太累了，可以代替我洗碗嗎？
5. **아기를 봐 줄 사람이 없어서 골치가 아프네요 .**
   沒有幫忙顧小孩的人，覺得頭很痛。

照樣造句

1. 請幫我開門。

   문을 ______________ .

2. 這麼為我著想，真的很感謝。

   이렇게 ______________ 너무 감사합니다 .

3. 姨母，剩下的幫我打包。

이모님 ~ 남은 건 ______________.

♡ 主題句型 2

남자를 좋아하든 여자를 좋아하든 상관없다.

不管是喜歡男生，還是喜歡女生都沒關係。

-A/V1 든 -A/V2 든

N1(이) 든 N2(이) 든 不管是 ...，還是 ...

「- 든 ...- 든」表示列舉出兩種以上狀況 (相互對立的狀況也包含在內) 後，無論選擇哪一種都無妨、可以接納。中文常譯爲要「不管是 ...，還是 ...」。「- 든 - 든」 為 「- 든지 - 든지」的縮略形態。

例句

1. 오늘은 비가 오든 눈이 내리든 나갈 거야!
   今天不管是下雨還是下雪，我都要出門！

2. 딴 여자가 있든 말든 당신이랑 이혼 절대 못 해!
   不管你有沒有其他女人，我絕不會跟你離婚！

3. 그 사람들이 나를 좋아하든 말든 난 다 상관없어.
   那些人不管喜不喜歡我，我都沒差。

4. 운동이 좋든 싫든 어차피 다 해야 하니까 그냥 잔소리말고 해.
   不管喜歡還是討厭運動，反正都要做，就不要囉唆直接做吧！

5. 남편이 집에 있든 없든 다 비슷비슷해.
   老公在不在家，都差不多。

照樣造句

1. 長得帥或不帥，又有什麼重要呢？

________________ 뭐가 중요하겠어요 ?

2. 不管是男生還是女生，都應該享有同樣的待遇。

________________ 다 똑같은 대우를 받아야 합니다 .

3. 不管是單吃還是配飯吃，都很好吃。

____ .

查看更多單字 - 個性相關形容詞

밝다	開朗的／明朗
부지런하다	勤勞的
낙천적이다	樂觀的／樂天
솔직하다	直率
똑똑하다	聰明
배려심이 많다	體貼
착하다	善良
정직하다	正直
친절하다	親切
성숙하다	成熟

迷妹星星的個人 IG 主頁

star_luv_shinkids ⌄

116	438	526
게시물	팔로워	팔로잉

☆ **星星**

迷妹一枚 I 최애는 윤이 ♡
#神的孩子們 #신의아이들
엔젤이어서 행복하다

star_luv_shinkids

시험 준비하는 바람에 그동안 우리 오빠 드라마 본방사수 못 했는데
시험이 끝났으니까 어제부터 정주행했따 !!

어쩜 이렇게 노래도 잘하고 춤도 잘 추고
여자아이가 ' 했슴다 ' 체 안쓰는거같아서 바꿨음 ...... 더 보기

4-5-1 星星｜考試結束了，終於可以「本放死守」

貼文內容

시험 준비하는 바람에 그동안 우리 오빠 드라마 본방사수 못 했는데
시험이 끝났으니까 어제부터 정주행했따 !!

어쩜 이렇게 노래도 잘하고 춤도 잘 추고
연기까지 잘하지 ?
역시 우리 오빠 좀 짱인듯 🥰
이렇게 완벽한 남자 또 없는 것 같아…

시험끝 # 드라마 # 드라마추천 # 드라마명대사
드라마정주행

翻譯年糕

因為在準備考試，之前都一直錯過歐霸演的電視劇的首播。
現在考試結束了，所以從昨天開始就瘋狂追劇啦 !!

怎麼可以歌也唱得好、舞跳得好
連演技都好呢？
果然我們歐霸最棒 🥰
應該沒有其他這麼完美的男子了

* 「정주행했따」為「정주행했다」的錯誤寫法，最近在 SNS 上蠻常出現這樣的用法。

單字瀏覽

시험 (n.) 考試	준비하다 (v.) 準備、預備
본방 (n.) 首播、正式播出	놓치다 (v.) 錯過、錯失
끝나다 (v.) 結束	정주행하다 (v.) 追劇 (把劇集一次看完)
어쩜 (感嘆詞) 對意料之外的事表示嘆服時使用的感嘆詞	노래하다 (v.) 唱歌、歌唱
춤을 추다 (v.) 跳舞	연기 (n.) 演技、表演
역시 (adv.) 果然、果真	짱 (n.) 최고 (最高) 或대장 (大將) 通俗的用法。表示最棒、最好。
완벽하다 (adj.) 完美	

我的 Hashtag

韓文 Hashtag	中文 Hashtag	補充說明
# 시험끝	# 考試結束	
# 드라마	# 電視劇	語源：drama
# 드라마추천	# 電視劇推薦	
# 드라마명대사	# 電視劇名台詞	
# 드라마정주행	# 一口氣追劇	드라마 (電視劇) ＋정주행 (正走行) 的合成語。
# 인생드라마	# 人生電視劇	指人生中最棒的電視劇。韓國人常把「인생 (人生)」加在許多名詞前面，用來形容該名詞為人生中最棒、最好的。

♡ 主題句型 1

시험 준비하는 바람에 우리 오빠가 하는 드라마 본방을 놓쳤어요 .

因為準備考試，所以錯過了歐霸的電視劇首播。

V- 는 바람에　因為 V，所以 (導致負面結果)

「- 는 바람에」表示理由或原因，前子句的行為是導致後子句事件發生的原因，通常用於因前子句後子句出現了負面、否定或意外的結果，用於肯定情況則較不自然。因是對已經產生的結果進行原因、理由的說明，因此「- 는 바람에」後子句只能以過去式的型態出現，也無法使用於命令、建議句型。

例句

1. **막차를 놓치는 바람에 택시를 타게 됐어요 .**
   因為錯過了最後一班車，所以必須搭計程車。

2. **잠 못 자는 바람에 오늘 하루동안 되게 힘들었어요 .**
   因為沒有睡好，今天一整天都好累喔。

3. **어젯밤 잠을 설치는 바람에 낮에 잠만 잤어요 .**
   因為昨晚沒睡好，白天都在睡覺。

4. **남편이 한국 출장가는 바람에 3 일동안 혼자 아이를 봐야 했다 .**
   因為老公去韓國出差，所以這 3 天都獨自育兒。

5. **코로나가 갑자기 심해지는 바람에 사람들이 혼란에 빠졌어요 .**
   因為新冠肺炎 (狀況) 突然變嚴重，人們都陷入了混亂。

照樣造句

1. 因為抽太多煙，健康狀況變差了。

   담배를 ______________ 건강 상태가 나빠졌어요 .

2. 因為偶然遇到前男友，心情變得很奇怪。

   전남친을 우연히 ______________ 기분이 이상해졌어요 .

3. 因為朋友都回故鄉了，所以只剩我自己一個人留在在台北。

   ____________________________ 저만 혼자서 타이베이에 남았어요 .

♡ 主題句型 2

우리 오빠 좀 짱인듯 .

我哥好像有點棒

A- ㄴ / 은 듯하다

V- 는 듯하다 好像 (似乎)A/V/N

「- ㄴ / 은 / 는 듯하다」表示對行為或狀態的推測，與「- 는 것 같다」相似，但更具有正式 (格式) 的感覺，中文譯為「好像 (似乎)...」。也可以用於雖然肯定其事實，但想要使語氣委婉時使用，本文中則是使用委婉的用法。

形態變化請參考以下表格：

	動詞	形容詞	名詞
過去 (完成)	V- ㄴ / 은 듯하다	A- 았 / 었던 듯하다	N 이었던 / 였던 듯하다
現在	V- 는 듯하다	A- ㄴ / 은 듯하다	N 인 듯하다
未來	V/A- ㄹ / 을 듯하다		N 일 듯하다

例句

1. 백신이 빨리 들어와야 국내 코로나 상황이 좋아질 듯하다 .
   疫苗要快點進來，國內的新冠肺炎狀況好像才能變好。

2. 이 많은 업무량을 혼자 처리하기가 무리일 듯합니다 .
   這麼多的業務量，一個人處理好像很勉強。

3. 온 세상이 날 떠나는 듯한 그 기분이 싫어 .
   討厭那種全世界都好像離開我的心情。

4. 아무래도 그 사람이랑 결혼 못 할 듯.
無論如何，好像都不能跟那個人結婚。

5. 오늘은 내가 1 등인 듯.
今天好像是我第一。

照樣造句

1. 這位大哥很像讀了很多書。

   이 형님은 독서를 많이 ______________.

2. 家裡好像沒有人。

   집에 아무도 ______________.

3. 今天照了鏡子，覺得好像瘦了。。

   오늘 거울을 보니까 ______________.

⊕ 查看更多單字 - 追劇常見名詞

OTT 서비스	OTT 串流服務
넷플릭스	Netflix
시즌제 드라마	季播制電視劇
미드	美劇，미국 드라마 的縮寫
정주행	追劇，把沒看完的劇集一次看完
스포일러	劇透，語源：spoiler ，可縮寫為「스포」。
클립	片段，語源：video clip

시청자	觀眾
회	集，漢字：回
주인공	主角
조연	配角
악역	反派角色

star_luv_shinkids

말하기 대회 나갔던 날 ♡
오빠가 옆에서 계속 안심을 시켜주고
긴장하지 말라고 얘기해주고 그런 오빠가 있어서 너무 좋아 ...... 더 보기

4-5-2 星星｜有這種哥哥真好

貼文內容

말하기 대회 나갔던 날 ♡
오빠가 옆에서 계속 안심을 시켜주고
긴장하지 말라고 얘기해주고 그런 오빠가 있어서 너무 좋아

인스타에서 케이팝 아이돌만 올리다가
울 친오빠 사진 올리려니까 좀 어색하다

가끔씩 진짜 '아 왜 이런 유치한 오빠가 있지' 싶다가도
또 내가 필요할 땐 의젓하고 듬직한 우리 오빠 .

덕분에 꽤 괜찮은 결과가 나왔당 ~
근데 1 등할 줄 알았다면 오빠랑 내기할 걸 그랬다
지금도 안 늦었지 ?

맛있는 거 사줘 !!! @ adragon0612

친오빠 # 가족사진 # 가족스냅 # 남매스타그램 # 가족일상

翻譯年糕

去參加韓語演講比賽的日子
我哥一直在我旁邊讓我安心
叫我不要緊張，有這種哥哥真好

在 IG 上常常發 K-pop 偶像們
突然要發我哥的照片覺得有點尷尬

偶爾真的會覺得「怎麼有這種幼稚的哥哥」
但在我需要的時候，卻是穩重又可靠的哥哥

託他的福，得到了還不錯的成果 ~
可是早知道會得第一名的話，就跟他打賭了
現在也還不遲吧？

請我吃好吃的東西 !!! @ adragon0612

單字瀏覽

말하기 대회 (n.) 演講比賽	**나가다 (v.)** 出去、出
날 (n.) 一天、一日	**계속 (n.) (adv.)** 持續、繼續
안심 (n.) 安心、放心	**- 시키다 (v.)** (接在一些名詞之後表示使動) 使、讓、叫

긴장하다 (v.) 緊張	얘기하다 (v.) 說、說話，「이야기하다」的縮略語。
케이팝 (n.) 韓國流行音樂，語源：K-pop	아이돌 (n.) 偶像，語源：idol
올리다 (v.) 放上、呈上，這裡為在 SNS 上發文的動詞，等於中文的「發文」的「發」。	어색하다 (adj.) 尷尬 가끔 (adv.) 偶爾、有時 유치하다 (adj.) 幼稚
의젓하다 (adj.) 穩重	듬직하다 (adj.) 沈穩、可靠
결과 (n.) 結果	내기하다 (v.) 賭、打賭
늦다 (adj.) (v.) 慢、晚；遲到、晚	맛있다 (adj.) 好吃

我的 Hashtag

韓文 Hashtag	中文 Hashtag	補充說明
# 친오빠	# 親哥哥	
# 가족사진	# 家人照片	

# 가족스냅	# 家人快照	가족 (家人) ＋스냅 (snap、快照) 的合成語。
# 남매스타그램	# 兄妹 stagram	남매 (兄妹) ＋인스타그램 (instagram) 的合成語。
# 가족일상	# 家人日常	

♡ 主題句型 1

지금도 안 늦었지 ?

現在也還不遲吧 ?

A/V- 지 (요)? A/V 吧？ / 對吧？

表示話者向聽者再次確認或詢問已知的事實，或徵求對方同意時使用的問句，等於中文的「.....吧？／對吧？」。口語中經常將「- 지요 ?」縮略成「- 죠」?，本篇使用的為半語「- 지」?

也可與時態結合使用，請參考以下表格：

	陳述句		
	動詞	形容詞	名詞
現在式	V/A- 지요 ?		N(이) 지요 ?
過去式	V/A- 았 / 었지요 ?		N 이었 / 였지요 ?
未來式	V/A- ㄹ / 을 거지요 ?		N 일 거지요 ?

例句

1. 보기만 해도 너무 맛있어 보이지？
   用看的就很好吃，對吧？
2. 역시 여름에 시원한 망고빙수가 최고지？
   果然夏天就是清涼的芒果冰最棒了吧？
3. 지금 뭐가 뭔지 하나도 모르겠지？
   現在什麼都不知道齁？
4. 이 정도면 충분하지요？
   這些就夠了吧？
5. 배가 고프시지요？(= 배가 고프시죠？)
   肚子很餓齁？

照樣造句

1. 歐霸，今天很累吧？快點來吃飯吧！

   오빠 오늘 많이 ________________？빨리 와서 밥 먹어！

2. 我太晚到了齁？ 真是抱歉。

   내가 너무 많이 ________________？미안해.

3. 水水喜歡韓國食物對吧？

   수수 씨는 ________________________？

♡ 主題句型 2

오빠랑 내기할 걸 그랬다 .

早知道就和哥哥打賭了。

V- ㄹ / 을 걸 그랬다 早知道就 V

「- ㄹ / 을 걸 그랬다」表示對過去是否做出某行為感到後悔或可惜，等於中文的「早知道就 ...」。否定為「V- 지 말 걸 그랬다」，中文為「早知道就不 ...」，表示後悔做了某事。有尾音的加「- 을 걸 그랬다」，沒有尾音的加「- ㄹ 걸 그랬다」。也常使用縮略型態「- ㄹ / 을 걸」於半語或自言自語時。

例句

1. 이렇게 맛있는 줄 알았으면 많이 살 걸 그랬어요 .
   如果知道這麼好吃的話，就買多一點了。
2. 갑자기 비가 많이 오네요 . 그냥 집에 있을 걸 그랬어요 .
   雨突然下很大欸！早知道就待在家了。
3. 이렇게 나쁜 사람인 걸 알았으면 진작 헤어질 걸 그랬어 .
   如果知道他是這麼壞的人，就早一點分手了。
4. 김밥을 벌써 다 먹었어요 ? 더 많이 싸 올 걸 그랬어요 .
   紫菜飯卷這麼快都吃完了？早知道就包多一點來了。
5. 머리가 너무 아파요 . 어제 술을 그렇게 많이 마시지 말 걸…
   頭好痛喔，早知道昨天就不要喝那麼多酒了。

▽ 照樣造句

1. 早知道就早點出門了，路好塞喔。

   일찍 ______________________ . 차가 너무 막히네 .

2. 這裡也太多好吃的東西了吧！早知道就不要吃晚餐了。

   여기 맛있는 것이 너무 많네요 ! 저녁을 ______________________ .

3. 這手機居然買不到一年就壞了，早知道就買哀鳳了。

   이 폰을 산지 일 년도 안 됐는데 고장이 나다니 ____________________ .

⊞ 查看更多單字 - 個人特質相關單字

게으르다	懶、懶惰
어리둥절하다	迷迷糊糊
이기적이다	自私的
까다롭다	挑惕、難伺候
고집이 있다	固執
소심하다	小心翼翼、膽小
우유부단하다	優柔寡斷、猶豫不決
예의가 없다	沒有禮貌
부정적이다	負面的
비관적이다	悲觀的

star_luv_shinkids

앗 이거 진짜 개웃겨ㅋㅋㅋㅋㅋㅋㅋㅋ

아이돌 덕질 9 계명
#1 최애는 바뀌는 게 아니라 쌓이는 것 ...... 더 보기

4-5-3 星星｜追偶像的 9 條誡命

貼文內容

앗 이거 진짜 개웃겨ㅋㅋㅋㅋㅋㅋㅋㅋ

아이돌 덕질 9 계명
#1 최애는 바뀌는 게 아니라 쌓이는 것
#2 내 최애 소중하듯 남의 최애도 소중하다
#3 굿즈는 사용용 , 관상용 , 소장용 세 개씩
#4 듣보라고 함부로 욕하지 마라
#5 내일은 내일의 최애가 뜬다
#6 지나간 공연과 굿즈는 돌아오지 않는 법이다
#7 덕질은 주체적으로 해라
#8 덕질엔 나이가 없다
#9 휴덕은 있더라도 탈덕은 없다

덕질메이트들 ~ 우리 같이 행복한 덕질라이프 즐기쟈 !!

덕질중 # 팬덤 # 응원봉 # 존잘 # 팬스타그램 # 덕질계
어덕행덕

翻譯年糕

啊 這個真的超好笑 ㄎㄎㄎㄎㄎㄎㄎㄎㄎ
追偶像的 9 誡命
#1 最愛 (本命) 不是可以換的，而是累積的
#2 如同我的最愛很重要，別人的最愛也很重要
#3 商品有使用用、觀賞用、收藏用 3 個
#4 不要因為是名不見經傳 (的 idol) 就隨便亂罵
#5 明天會出現明天的最愛
#6 過去的演出和商品就不會再回來了
#7 要自主追星
#8 追星不分年齡
#9 就算有休飯也沒有脫飯

追星朋朋們 ~ 我們一起享受幸福的追星生活吧 !!

單字瀏覽

웃기다 (v.) 使人發笑、搞笑 **계명 (n.)** 戒律、誡命 **최애 (n.)** 最愛、最喜歡的 (人、事、物)	**덕질 (n.)** 意指身為粉絲能做的關於藝人的所有行動，為「덕후 (鐵粉、追星族)」加上「- 질」的合成語，與「팬질」同義。 ** 질：利用身體部位進行某些行為，或貶低職業、職責的接尾詞。

바뀌다 (v.) (被)換、變，「바꾸다」的被動。	**쌓이다 (v.)** 疊、堆(被動詞)
소중하다 (adj.) 珍貴、可貴	**굿즈 (n.)** (明星、動漫)週邊商品，語源：goods
사용 (n.) 使用	**관상 (n.)** 觀賞
소장 (n.) 收藏	**듣보 (n.)** 名不見經傳的(人、事、物)，「듣도 보도 못한(沒聽過沒見過的)」的縮寫。
함부로 (adv.) 隨意、隨便	
욕하다 (v.) 辱罵、咒罵	**공연 (n.)** 表演、公演
뜨다 (v.) 升起	**주체적 (n.)** 主體的、自主的
돌아오다 (v.) 回來	**탈덕 (n.)** 脫飯(不再喜歡某個明星)
휴덕 (n.) 休粉(暫時停止追星)	**즐기다 (v.)** 享受

我的 Hashtag

韓文 Hashtag	中文 Hashtag	補充說明
# 덕질중	# 追星中	
# 팬덤	# 粉都	語源：fandom，指有共同喜好的粉絲所形成的次文化。
# 응원봉	# 應援棒	
# 존잘	# 超爆帥	
# 팬스타그램	# 粉絲 stagram	「팬 (粉絲) ＋인스타그램 (instagram)」的合成語。
# 덕질계	# 追星帳	
# 어덕행덕	# 反正都要追星了就幸福地追星吧	「어차피 덕질할 거 행복하게 덕질하자」的縮略語。

♡ 主題句型 1

지나간 공연과 굿즈는 돌아오지 않는 법이다 .

去的演出和商品就不會再回來了。

A/V- ㄴ / 은 / 는 법이다 表示動作或狀態本應如此

「- ㄴ / 은 / 는 법이다」表示動作或狀態本應如此，或是會那樣是理所當然時使用，主要用於自然法則、不變的真理。

變化請參照以下表格：

	動詞	形容詞	名詞
現在式	V- 는 법이다	A 無尾音 - ㄴ 법니다 A 有尾音 - 은 법이다	N 인 법이다

例句

1. 만남이 있으면 헤어짐도 있는 법이죠 .
有相遇就有別離。

2. 연습 많이 하면 할수록 실력이 느는 법이에요
練習的越多，當然就會越進步。

3. 인생은 혼자서 가는 법이다 .
原本人生就是要自己走的。

4. 사람은 누구나 크고 작은 상처가 있는 법이죠 .
任何人都一定有大大小小的傷口。

5. 천재는 노력하는 사람을 이길 수 없고 노력하는 사람은 즐기는 사람을 이길 수 없는 법이다 .
天才贏不了努力的人，努力的人贏不了樂在其中的人。

照樣造句

1. 認真交往過再分手的話，會難過是理所當然的。

진지하게 만나고 헤어지면 ________________ .

2. 喜歡上某個人的話，當然會覺得那個人看起來最帥最漂亮

누군가를 좋아하게 되면 당연히 그 사람이 ________________ .

3. 犯了罪的話，當然任誰都要受到懲罰。

죄를 지으면 ______________________ .

♡ 主題句型 2

휴덕은 있더라도 탈덕은 없다 .

就算有休飯也沒有脫飯。

A/V 더라도 就算 (即便)A/V

N 이더라도 就算 (即便) 是 N

「- 더라도」表示承認前一事實，但不被前子句之事實限制。可與「- 아 / 어도」替換使用，但「- 아 / 어도」的假設語氣較弱，該假設實現的可能性較高，「- 더라도」的假設語氣較強，實現可能性較低。

例句

1. 돈을 다 쓰더라도 이번 콘서트를 반드시 가고 말거야 !
   就算把錢都用光，我也一定要去這次的演唱會！
2. 좀 늦더라도 연락 꼭 할 테니까 걱정하지 마 .
   即便會有點晚，還是會聯絡你的，別擔心。
3. 내가 굶더라도 내 자식을 굶기지 않을 것이다 .
   就算我餓肚子，也不會餓到小孩。
4. (주사할 때) 조금 아프더라도 참아 주세요 , 금방 끝납니다 .
   (打針時) 即使會有點痛，也請您忍耐一下。很快就結束了。
5. 우리가 헤어지더라도 서로 미워하지 말자 .
   就算我們分手的，也不要互相討厭。

照樣造句

1. 即便無法成功，我也要只做我喜歡的事。

_______________ 좋아하는 일만 할 거야 .

2. 即便結婚了，也不會有任何改變。

_______________ 달라진 건 아무것도 없을 거예요 .

3. 就算再怎麼漂亮，個性不好的話，無法交往。

_______________ .

查看更多單字 - 追星新造語進階篇

덕밍아웃	出粉絲櫃，為「덕질 (追星) ＋커밍아웃 (出櫃)」的合成語，指公開自己是追星粉絲。
덕메	追星夥伴，為「덕질 (追星) ＋메이트 (mate)」，指追同一個偶像的朋友。
일코	一般人角色扮演，「일반인 코스프레 (一般人 cosplay)」的縮寫，指明明是某藝人的粉絲，但在其他人面前假裝不是。
홈마	站姐
총공	總攻，「총 공격 (總攻擊)」的縮寫，指集中火力支援偶像們的所有活動。例：「음원 총공 (音源總攻)」
스밍	刷 (榜)，「스트리밍 (streaming)」的縮寫，指在音源網站上反覆聽偶像的曲子。「스밍하다」為動詞形。

공카	官咖，「공식 카페(官方咖啡)」的縮寫，「官咖」為韓文的直譯，接近中文的「粉絲後援會(網站)」的意思。
조공	朝貢，指粉絲給偶像禮物的行為。
역조공	逆朝貢，指偶像藝人反過來送粉絲禮物的行為，反向應援。
엔딩요정	「Ending 妖精」，近年來音樂節目上，每首歌曲結束後，鏡頭都會在藝人身上停留很久，使得藝人現在必須發揮創意，設計好自己的 Ending 應該要做什麼樣的對動作和鏡頭互動。

照樣造句解答

Part2-1 阿龍 - 今天也運動 GO GO ！

1. 오늘도 야근해요 ?
2. 오빠도 사수자리예요 ?
3. 지금도 심심해요 .

Part2-2 芊芊 - 在網路上開心血拚夏天的衣服

1. 집에서 드라마를 봤어요 .
2. 회사에서 야근했어요 .
3. 헬스장에서 운동했어요 .

Part2-3 星星 - 最近只聽這首歌

1. 아메리카노만 마셔요 .
2. 한국어만 배웠어요 .
3. 신발만 비싸요 .

Part2-4 星星 - 沒有你們的話該怎麼辦

1. 심심하면 연락 줘요 .
2. 많이 먹으면 살이 쪄 .
3. 아프면 말해요 .

Part2-5 蓉媽 - 親愛的歐霸

1. 노래를 잘하는 아이돌
2. 요리하는 남자
3. 설레는 순간

Part2-6 水水 - 適合散步的日子

1. 데이트하기 좋은 날이다 .
2. 한잔 하기 좋은 날이다 .
3. 낮잠 자기 좋은 날이다 .

Part2-7 水水 - 最乖又最會撒嬌的狗狗——小白

1. 방이 넓고 깨끗해요 .
2. 이 차는 쓰고 떫어요 .
3. 쓸쓸하고 찬란한 도깨비 .

Part2-8 水水 - 工作雖累，但很有成就感

1. 민호 씨는 멋있지만 내 스타일이 아니야 .
2. 힘들지만 재미있었어요 .
3. 배고프지만 못 먹어요 .

Part2-9 蓉媽 - 雖然是我做的，但很好吃！

1. 타이페이 집값이 비싸네요 .
2. 오늘따라 오빠가 보고 싶네요 .
3. 이거 별로 맛없네요 .

Part2-10 星星 - 我們歐霸魅力噴發

1. 여기 분위기가 너무 좋잖아 !
2. 여친이 너무 예쁘잖아 !
3. 날씨가 너무 덥잖아 !

Part2-11 阿龍 - 今天一滴酒都沒喝

1. 올해 한국에 안 갔어요 .
2. 나 유튜브 프리미엄을 안 샀어 .
3. 저는 탄수화물을 안 먹어요 .

Part2-12 芊芊 - 這真的不是業配喔！

1. 내 잘못이 아니야 .
2. 저는 학생이 아니에요 .
3. 제 노트북은 맥북이 아닙니다 .

Part2-13 阿龍 - 我妹小時候很可愛的說

1. 힘들 때 나한테 기대도 돼 .
2. 잘 때 코를 심하게 골아요 .
3. 울고 싶을 때 그냥 울어 .

Part2-14 芊芊 - 簡單自拍一張就好

1. 이 식당 음식이 맛없으니까 빨리 망한 거예요 .
2. 비가 오니까 나가고 싶지 않네요 .
3. 사람이 많으니까 우리 다음에 오자 .

Part2-14 蓉媽 - 我們的咖啡廳終於要開幕了

1. 최근에 재미있는 영화가 있어요 ?
2. 다음주에 시간이 있어요 ?
3. 이 번 발렌타인 데이에 남친이랑 데이트했어요 .

Part 3-1 水水 - 這裡的奶油培根義大利麵真好吃

主題句型 1

1. 오랜만에 친구와 소주 한 잔 했어요 .
2. 오랜만에 고등학교 동창들과 만났어요 .
3. 썸남 (썸녀) 랑 데이트했어요 .

主題句型 2

1. 배가 진짜 고파요 .
2. 이 영화가 진짜 슬퍼요 .

3. 기분이 진짜 더러워요 .

Part 3-2 蓉媽 - 台北居然有這種親子咖啡廳

主題句型 1

1. 핸드폰에 남친 사진이 있어요 .
2. 넷플릭스에 한국 영화가 있어요 .
3. 집에 손님이 있어요 .

主題句型 2

1. 네가 다음달에 결혼을 하다니 !
2. 내가 작가가 되다니 !
3. 한국이 이렇게 덥다니 !

Part 3-3 阿龍 - 連假和男友去了「宅度假」

主題句型 1

1. 네일샵을 다녀왔어요 .
2. 헬스장을 다녀왔어요 .
3. 휴가를 다녀왔어요 .

主題句型 2

1. 오빠 보고 싶어 .
2. 여행 가고 싶어요 .
3. 부자가 되고 싶어요 .

Part 3-4 芊芊 - 氣墊粉餅的外殼太可愛就手滑了…

主題句型 1

1. 아파서 병원에 갔어요 .
2. 어제 잠을 못 자서 피곤해요 .
3. 날씨가 좋아서 나왔어요 .

主題句型 2

1. 남은 피자를 다 먹어 버렸어요 .
2. 그 사람은 드디어 미쳐 버렸어요 .
3. 너무 화가 나서 그냥 가 버렸어요 .

Part 3-5 文青水水 - 露營越露越有趣

主題句型 1

1. 연습하면 할수록 요령이 생겨요 .
2. 이 노래는 들으면 들을수록 좋아요 .
3. 자면 잘수록 힘들어져요 .

主題句型 2

1. 저는 계좌를 만들러 왔어요 .
2. 일본에 콘서트를 보러 가요 .
3. 한국 친구가 대만에 공부하러 와요 .

Part 3-6 網美芊芊 - 肚子上的肉好像有少了一點

主題句型 1

1. 방탄소년단을 좋아한 지 5 년이 됐어 .
2. 채식을 시작한 지 3 개월이 됐어요 .
3. 이 아이폰을 산 지 하루도 안 됐어요 .

主題句型 2

1. 한국 사람들은 고수를 안 먹는 것 같아요 .
2. 박보검이 군대 간 것 같아요 .
3. 요즘 너무 바쁜 것 같아요 .

Part 3-7 阿龍 - 託 youtuber 朋友的福，去了電影試映會

主題句型 1

1. 아이 덕에 즐거운 오후 시간을 보냈어요 .
2. 친구 덕분에 오늘 힐링 많이 됐어요 !
3. 클라이언트 덕분에 영화교환권 2 장을 얻었어요 .

主題句型 2

1. 맥주보다 소주를 더 자주 마셔요 .
2. 과거보다 현재가 더 중요해요 .
3. 행동보다 말로 하는 게 쉬워요 .

Part 3-8 蓉媽 - 寶寶的萬聖節變裝太可愛，不能只有我看到

主題句型 1

1. 아이폰을 써 보니까 확실히 다른 브랜드보다 좋더라고요 .
2. 그 남자가 차고 있는 시계가 비싸더라고요 .
3. 밖에 비가 많이 오더라고요 .

主題句型 2

1. 내가 설거지할 테니까 당신이 쓰레기를 좀 갖다 버려줘 .
2. 더 열심히 할 테니까 다시 한 번 기회를 주세요 .
3. 케이크를 가져갈 테니까 다른 것들을 준비해 줘요 .

Part 3-9 期中考壓力不是蓋的，好想看演唱會

主題句型 1

1. 상사 때문에 진짜 회사를 그만두고 싶어요 .
2. 내일 프레젠테이션 때문에 오늘 밤새야 해요 .
3. 코로나 때문에 출국할 수 없어요 .

主題句型 2

1. 너무 슬퍼하지 않았으면 좋겠어요.
2. 공유 씨하고 결혼할 수 있었으면 좋겠어요.
3. 키가 10cm 더 컸으면 좋겠어요.

Part 3-10 芊芊 - 星巴克的新品看起來超好喝

主題句型 1

1. 한국문화를 좋아하는데 한국 사회에 적응하기가 조금 어렵네요.
2. 아침에 일어났는데 배가 갑자기 너무 아픈 거예요.
3. 썸타는 사람이 있는데 그 사람이랑 안 사귈 것 같아요.

主題句型 2

1. 그 가방은 괜찮아 보여요.
2. 너 너무 피곤해 보여. 그냥 집에 가서 쉬어 ~.
3. 이 옷은 좀 커 보여요.

Part 3-11 阿龍 - 希望在台的同性伴侶都能趕快結婚

主題句型 1

1. 오늘은 빨리 집에 가야 돼요.
2. 내일은 조별 과제를 내야 돼요.
3. 건강하게 살을 빼려면 운동해야 합니다.

主題句型 2

1. 개인적인 이유로 퇴사하게 됐어요.
2. 집주인이 집 빼달래서 남친이랑 같이 살게 됐어요.
3. 미국으로 유학가게 됐어요.

Part 3-12 水水 - 我們能做的，只有專注於現在

主題句型 1

1. 이 번에 반드시 승진할 수 있어요 .
2. 면허증이 없어서 운전할 수 없어요 .
3. 인터넷이 없어서 연락드릴 수 없었어요 .

主題句型 2

1. 줄 두 시간이나 서야 된다고 ??!! 그냥 슈크림을 먹고 싶을 뿐인데 뭐가 이렇게 어려워요 ?
2. 제 생각을 말했을 뿐이에요 . 그가 그렇게 화났을 줄은 몰랐죠 .
3. 제가 좋아하는 일을 계속 할 뿐입니다 .

Part 3-13 蓉媽 - 難得打扮漂漂亮亮出門約會，結果下大雨

主題句型 1

1. 모니카에게 서프라이즈 프로포즈 해 주려고 챈들러가 잔뜩 바람을 잡고 있었다 .
2. 유명한 우육면을 먹으려고 남친이랑 한 시간 줄을 섰어요 .
3. 오빠 라방을 보려고 온라인 수업을 쨌어요 .

主題句型 2

1. 결혼하자마자 임신해 버렸어 .
2. 코로나가 끝나자마자 해외여행을 갈 거예요 .
3. 만나자마자 반했어요 .

Part 3-14 星星 - 用歐霸們的海報照片眼球淨化中

主題句型 1

1. 닌텐도 스위치를 사서 친구들이랑 같이 하려고요 .
2. 타이페이역에서 내려서 지하철 빨간 선으로 환승하시면 됩니다
3. 집에 가서 샤워하고 싶어요 .

主題句型 2

1. 그 친구랑 손절해야지 .
2. 조금 쉬었다가 다시 일해야지 .
3. 밥을 먹고 약을 먹어야지 .

Part 3-15 星星 - 感謝歐霸呈現帥氣的演唱會

主題句型 1

1. 나를 신기하게 쳐다봐요 .
2. 여기까지 정말 힘들게 왔어요 .
3. 좀 크게 말씀해 주세요 .

主題句型 2

1. 여동생이 목이 쉬도록 울고 있어요 .
2. 시험장에서 학생들이 눈이 뚫어지도록 시험지를 보고 있어요 .
3. 다이어트 하려고 삶은 계란을 질리도록 먹었어요 .

Part 4-1-1 芊芊 - 我果然是靠髮型吃飯的

主題句型 1

1. 역시 나는 혼자가 더 좋은가 봐 .
2. 역시 이 수면팩은 짱인가 봐요 .
3. 역시 연예인은 다른가 봐요 .

主題句型 2

1. 현빈을 볼 때마다 힐링 된 기분이 들어요 .
2. 운동할 때마다 힘들어 죽을 것 같아요 .
3. 싸울 때마다 남친이 항상 먼저 사과를 해요 .

Part 4-1-2 芊芊 - 今天要去做雷射和小臉針

主題句型 1

1. 다이어트하기 위해서 키토식단을 시작했어요 .
2. 성공하기 위해서 밤낮이 없이 일했어 .
3. 한국어를 배우기 위해서 한국인 남친을 사귀었어요 .

主題句型 2

1. 오빠가 고수를 먹는지 안 먹는지 모르겠어 .
2. 저 가방 얼마나 비싼지 모르지 ?
3. 나를 얼마나 사랑하는지 알려줘 .

Part 4-1-3 芊芊 - 我換了指甲彩繪，迎接春天到來

主題句型 1

1. 오늘의 립컬러는 이 컬러로 할지 저 컬러로 할지 고민이네요 .
2. 운동화를 신을지 부츠를 신을지 고민하고 있어요 .
3. 케이크를 큰 거로 할지 작은 거로 할지 고민이네요 .

主題句型 2

1. 너무 열심히 공부만 하느라 아직까지도 모태솔로입니다 .
2. 멀리서 여기까지 오느라 수고하셨어요 .
3. 한국드라마 보느라 잠을 못 잤어요 .

Part 4-2-1 水水 - 開始多光顧環境友善的 Vegan 咖啡廳

主題句型 1

1. 이 남친이랑 사귈 수 있어도 결혼은 할 수 없어요 .
2. 돈으로 관계를 살 수 있어도 사랑은 살 수 없어요 .
3. 이번에는 도와 줄 순 있어도 평생도록 도와 줄 수 없잖아요 .

主題句型 2

1. 한국에 가서 일도 하고 남친도 만나고 왔어요 .

2. 집에서 드라마도 보고 독서도 하니까 하나도 안 심심해요 .

3. 요즘 달리기도 하고 요가도 하고 운동 많이 하고 있어요 .

Part 4-2-2 水水 - 悲劇仍持續地發生，究竟權力是什麼呢？

主題句型 1

1. 일이 나를 지치게 해 .

2. 어떻게 해야 이 작품을 더 예쁘게 할 수 있어요 ?

3. 방탄소년단은 우리를 행복하게 해요 .

主題句型 2

1. 더는 그렇게 슬프지 않기를 바라요 (바래요).

*** 韓文正確的標記法為「바라요」，但因為口語發音中很少直接唸「바라요」，通常都是讀「바래요」，因此有時候會看到韓國人也書寫為「바래요」。但請注意：「바라요」才是正是標準的寫法。

2. 내가 사랑하는 사람들이 모두 건강하기를 바랍니다 .

3. 사업이 성공하기를 기원합니다 .

Part 4-2-3 水水 - 昨天整理手機 Memo 時發現這些句子

主題句型 1

1. 가끔씩 외롭기도 합니다 .

2. 가족들하고 종종 다투기도 하고 싸우기도 해요 .

4.JJYP 는 한국 아티스트이고 , 엔터테인먼트 회사 대표이기도 합니다 .

主題句型 2

1. 샤워하다가 좋은 아이디어가 떠올랐어 .

2. 운동하다가 허리를 삐었어요 .

3. 유튜브를 보다가 핸드폰 알람이 울려서 깜짝 놀랐어 .

Part 4-3-1 蓉媽 - 邀請大家參加喬遷宴兼年末派對

主題句型 1

1. 친구가 고기를 먹고 싶대서 고기집에 왔어요 .
2. 사람들이 이게 몸에 좋대서 샀어요 .
3. 여친이 꽃을 좋아한대서 선물로 샀어요 .

主題句型 2

1. 생각이 1 도 안 남 .
2. 엽떡이 맵다더니 1 도 안 맵네요 .
3. 배가 1 도 안 고파 .

Part 4-3-2 蓉媽 - 和水水一起去瑜伽教室上課

主題句型 1

1. 서울로 이사가기로 했어요 .
2. 우리 서로 생각할 시간을 좀 갖기로 했어요 .
4. 회사 그만두기로 했어요 .

主題句型 2

1. 그 책을 보고 나서 생각이 달라졌어요 .
2. 이직하고 나서 업무량이 많이 줄었어요 .
3. 샤워하고 나서 로션을 바르는 게 제 습관이에요 .

Part 4-3-3 蓉媽 - 小花洋裝團購從今天 10 點開始

主題句型 1

1. 발렌타인 데이에는 초콜릿이 빠질 수가 없죠 .
2. 생일에는 케이크가 빠질 수가 없죠 .
3. 숙취엔 모닝 케어가 빠질 수 없죠 .

主題句型 2

1. 아픈 만큼 성숙해진다 .
2. 나이가 먹은 만큼 피부 주름도 막 생겼네요 .
3. 돈을 주는 만큼 일을 한다 .

Part 4-4-1 阿龍 - 今天去看了關於性暴力的展覽

主題句型 1

1. 실패를 통해서 성장을 했다 .
2. 독서를 통해서 더 넓은 시야를 가졌어요 .
3. 팟캐스트를 통해서 한국 뉴스를 들어요 .

主題句型 2

1. 확실한 선을 정해야 해요 .
2. 단어를 외워야 한국말이 늘죠 .
3. 남자 친구가 있어야 결혼을 하지 .

Part 4-4-2 阿龍 - 前天酒喝太多，今天重訓果然很累

主題句型 1

1. 팬미팅에 가려면 돈을 모아야 돼요 .
2. 나랑 화해하려면 먼저 사과해 .
3. 대기업에 들어가려면 좋은 스펙이 있어야 해요 .

主題句型 2

1. 밥 먹을 시간이 없을 정도로 바빴어요 .
2. 쳐다볼 수 없을 정도로 예뻐요 .
3. 지금 울고 싶을 정도로 행복해요 .

Part 4-4-3 阿龍 - 致我真正的朋友

主題句型 1

1. 문을 열어 주세요 .
2. 이렇게 생각해 주셔서 너무 감사합니다 .
3. 이모님 ~ 남은 건 포장해 주세요 .

主題句型 2

1. 멋있든 멋있지 않든 뭐가 중요하겠어요 ?
2. 남자든 여자든 다 똑같은 대우를 받아야 합니다 .
3. 그냥 먹든 밥이랑 먹든 다 맛있어요 .

Part 4-5-1 星星 - 考試結束了，終於可以「本放死守」

主題句型 1

1. 담배를 너무 많이 피는 바람에 건강이 나빠 졌어요 .
2. 전남친을 우연히 마주치는 바람에 기분이 이상해졌어요 .
3. 친구들이 다 고향에 돌어가는 바람에 저만 혼자서 타이페이에 남았어요 .

主題句型 2

1. 이 형님은 독서를 많이 하신 듯해요 .
2. 집에 아무도 없는 듯해요 .
3. 오늘 거울을 보니까 살이 좀 빠진 듯해요

Part 4-5-2 星星 - 有這種哥哥真好

主題句型 1

1. 오빠 오늘 많이 피곤하지 ? 빨리 와서 밥 먹어 !
2. 내가 너무 많이 늦었지 ? 미안해 .
3. 수수 씨는 한국 음식을 좋아하지 ?

主題句型 2

1. 일찍 나올 걸 그랬다. 차가 너무 막히네.
2. 여기 맛있는 것이 너무 많네요! 저녁을 먹지 말 걸 그랬어요.
3. 이 폰을 산지 일 년도 안 됐는데 고장이 나다니 아이폰을 살 걸 그랬어요.

Part 4-5-3 星星 - 追偶像的 9 條誡命

主題句型 1

1. 진지하게 만나고 헤어지면 슬퍼하는 법이죠.
2. 누군가를 좋아하게 되면 당연히 그 사람이 멋지고 예뻐 보이는 법이죠.
3. 죄를 지으면 누구나 벌을 받는 법이다.

主題句型 2

1. 성공할 수 없더라도 좋아하는 일만 할 거야.
2. 결혼을 하더라도 달라진 건 아무것도 없을 거예요.
3. 아무리 예쁘더라도 성격이 나쁘면 만나기 어렵죠.

EZ Korea 34

IG韓語貼文日記

作　　者：地方韓文水水
繪　　者：丸子
編　　輯：邱曼瑄
韓文校對：김기남(金起男)
行銷人員：陳品萱
內頁製作：簡單瑛設
封面設計：丸子

發 行 人：洪祺祥
副總經理：洪偉傑
副總編輯：曹仲堯
法律顧問：建大法律事務所
財務顧問：高威會計師事務所

出　　版：日月文化出版股份有限公司
製　　作：EZ叢書館
地　　址：臺北市信義路三段151號8樓
電　　話：(02) 2708-5509
傳　　真：(02) 2708-6157
客服信箱：service@heliopolis.com.tw
網　　址：www.heliopolis.com.tw
郵撥帳號：19716071日月文化出版股份有限公司

總 經 銷：聯合發行股份有限公司
電　　話：(02) 2917-8022
傳　　真：(02) 2915-7212

印　　刷：中原造像股份有限公司
初　　版：2021年08月
初版3刷：2022年05月
定　　價：350元
I S B N：978-986-0795-11-0

IG韓語貼文日記/地方韓文水水著；丸子繪. -- 初版. -- 臺北市：日月文化出版股份有限公司, 2021.08
面；　公分. -- (EZ Korea；34)
ISBN 978-986-0795-11-0 (平裝)

1. 韓語　2. 語法

803.26　　110009256